新装版

妻恋日記

取次屋栄《えい》三《ざ》⑥

岡本さとる

祥伝社文庫

目次

木母寺
吉原
今戸橋
向島
根津権現
上野山
浅草寺
聖天町
浅草奥山
入谷
黒船町
諏訪町
神田明神
蔵前
閻魔堂
本所
石原町
永井勘解由邸
押上村
横川
神田川
住吉町「玉鐵」
柳橋
神田多町
呉服町「田辺屋」
大川（隅田川）
日本橋通南三丁目
松田新兵衛の新居
日本橋
海賊橋
馬喰町
南町奉行所
清住町
小名木川
楓川
こんにゃく島
霊岸島
永代橋
八丁堀
深川
永代寺
京橋鈴木町
煙管師・鉄五郎の長屋
築地
鉄砲洲
がたくり橋（蓬莱橋）
佃町
南小田原町

「妻恋日記」の舞台

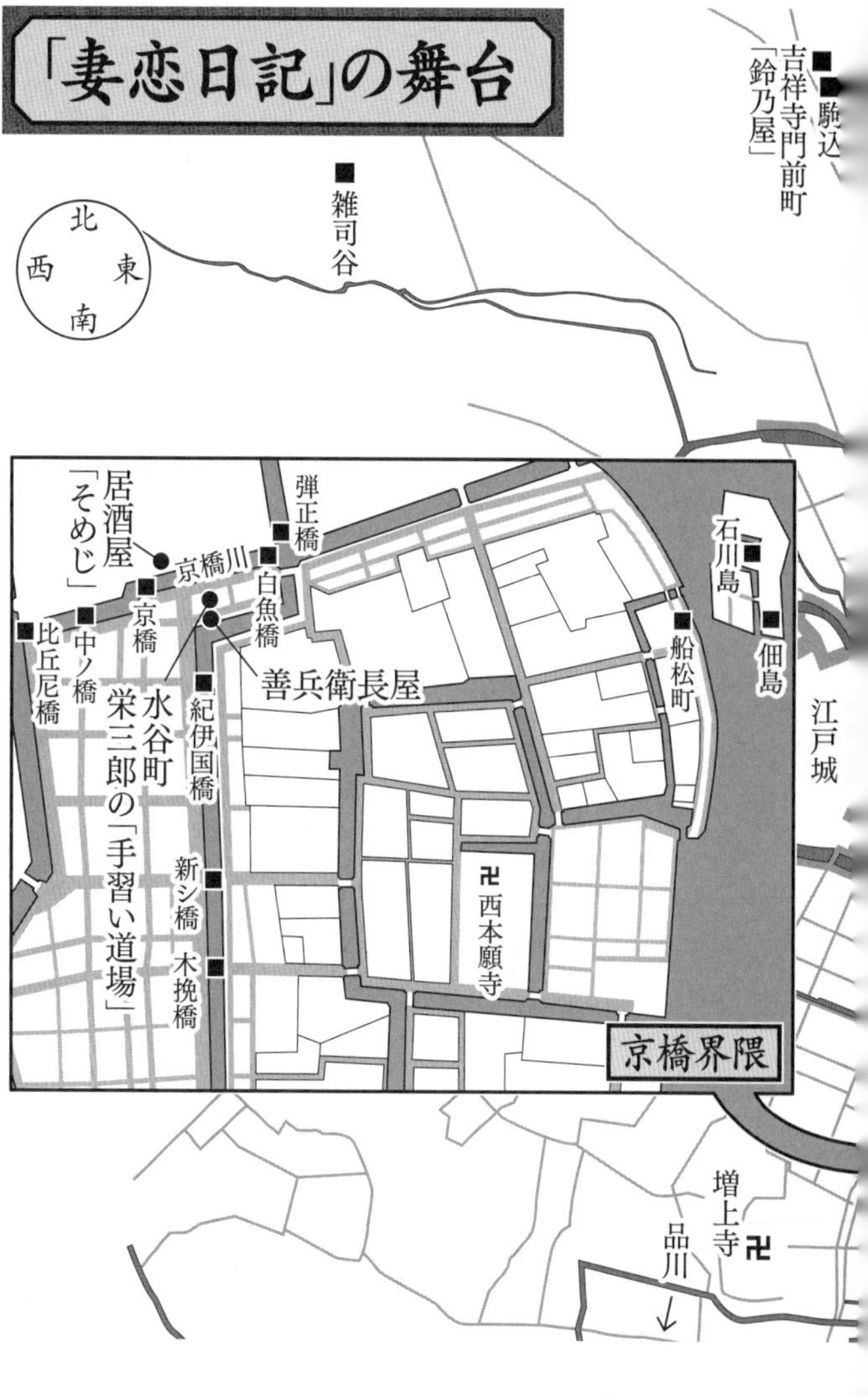
北
西
東
南
雑司谷
吉祥寺門前町
「鈴乃屋」
駒込
居酒屋「そめじ」
京橋川
弾正橋
白魚橋
京橋
中ノ橋
比丘尼橋
善兵衛長屋
水谷町
栄三郎の「手習い道場」
紀伊国橋
新シ橋
木挽橋
石川島
佃島
船松町
江戸城
西本願寺
京橋界隈
増上寺
品川

地図作成／三潮社

第一話

奴凧《やっこだこ》

一

「えい！」

「やァッ！」

十五坪《つぼ》ばかりの小体《こてい》な道場に、勇ましくも艶《つや》やかな掛け声が響いている。

真剣な目差《まなざ》しで木太刀《きだち》を振っているのは、襷《たすき》、鉢巻姿も勇ましい武家の女ばかりだ。

ここは本所石原町《ほんじょいしわら》の北方にある、旗本三千石《ごく》・永井勘解由《ながいかげゆ》邸の奥向きに設《しつら》えられた武芸場である。

檜《ひのき》の新材の香りが芳《かぐわ》しい。

当主・永井勘解由が、奥向きに暮らす女達もいざという時のために日頃から武芸に親しむことが肝要ではないかと、先頃新たに造らせたものである。

そしてこの日の朝が稽古《けいこ》初め――月に二度、武芸の指南を託されたのは秋月栄《あきづきえい》三郎《ざぶろう》であった。

秋月栄三郎が修めた気楽《きらく》流は、長刀《なぎなた》、小太刀、鉄扇《てつせん》、棒など、多岐にわたる武術を含んでいるので、奥向きに仕《つか》える女達には真《まこと》に実戦向きと言える。

十五の時から岸裏伝兵衛《きしうらでんべえ》門下にあって、剣の修練を積みながら、今は京橋水谷町《きょうばしみずたにちょう》で〝手習い道場〟なる、手習い所と、町の物好き達を集めての剣術道場を兼ねたお気楽な所にいて、武士と町人の間を取りもつ〝取次屋〟を生業《なりわい》とする栄三郎である。

本人には剣で身を立てる気などさらさらないが、彼の人となりに惚《ほ》れこむ人々にとっては、剣客《けんかく》としても立派に生きてもらいたいと願うのが人情である。

永井家用人・深尾又五郎《ふかおまたごろう》、当家の剣術指南として出稽古を務める剣友・松田新兵衛《まつだしんべえ》の尽力もあり、それがこういう形で実現したのであるが、門人が女ばかりというのも気恥ずかしく、栄三郎、先ほどから緊張することしきりである。

木太刀を振っている女中達の中には、栄三郎の古い剣友で、現在は廻国《かいこく》修行中の陣馬七郎《じんましちろう》の思い人であるお豊《とよ》や、少し前に永井家の知行所の不祥事を江戸屋敷へ報《しら》せんと奮闘したおかるなど、見知った顔もいるのだが、何といっても栄三郎をぎこちなくさせる存在が一人――。

当家の婿《むこ》養子・房之助《ふさのすけ》の実姉・萩江《はぎえ》である。

萩江はかつて浪人の身である房之助を世に出すため、苦界《くがい》に身を沈め行方《ゆくえ》をくらましたことがあった。

それを取次屋として人知れず捜《さが》し出して、永井家に連れ帰ったのが栄三郎である。

その経緯は永井家用人・深尾又五郎他、限られた者しか知らない事実であるが、萩江がおはつという名の遊女の頃、偶然にも登楼《とうろう》した栄三郎と一夜を馴染《なじ》み、激しく惹《ひ》かれあいながらも、互いに想いを胸に秘めたまま別れていたことは、栄三郎と萩江だけが共有する秘事なのだ。

今では身分違いの恋、〝現《うつつ》の夢〟と諦《あきら》めた栄三郎の前に、僅《わず》かな一時《ひととき》であったとて、今この現世にときめきを求めたいと心の被《おお》いをかなぐり捨てた萩江が、女達の先頭に立って指南を請《こ》う。

栄三郎の心が乱れぬはずはなかった。

とはいえ、勘解由に設計まで任され、奥向きのこととて小体であるが、〝手習い道場〟における門人である大工の安五郎《やすごろう》、留吉《とめきち》を動員して新設したこの武芸場は神聖であらねばならぬ。

指南役の威厳を保たんと教授に力を入れるうち、そこはそれなりに猛稽古を続けてきた剣客である。次第に木太刀をとる手にも力が入り、町の物好き相手に教えているわかりやすさが女中達には取っ付きもよく、初稽古は大きな手応《てごた》えを覚えつつ終えることができた。

当主・勘解由、奥方・松乃《まつの》、娘・雪《ゆき》、婿養子の房之助が見所《けんぞ》でこの様子を見ていたがいずれも満足そうで、雪などは、

「この次は私にも御教授願いまする……」

などとやる気を見せて、勘解由を苦笑させたのである。

「姉上、少しは暮らしに張りが出ましたかな」

房之助の問いに、栄三郎の方を見ながら、

「はい。秋月先生の御指南は真にわかりやすく、稽古のし甲斐《がい》がござりまする」

と、にこやかに答えた萩江は、額《ひたい》に汗を浮かべ、ぽっと上気した表情が何とも艶やかで、栄三郎の心の内をまたどきりとさせた。

――今は師弟だ。新兵衛が田辺《たなべ》屋のお咲《さき》と接するがごとくだ。

ここの稽古にも早く慣れねばならぬと、栄三郎は武芸場の神殿に向かって黙想したのであった。

稽古着から着替え身仕度《みじたく》を済ませると、栄三郎は勘解由の招きで中食《ちゅうじき》の馳走《ちそう》に与《あずか》った。

三千石の旗本屋敷ともなれば千五百坪の敷地に、表だの奥だの中奥《なかおく》だのと、どうも堅苦しくていけない。そそくさと帰って、手習い道場の板間で大の字になって寛《くつろ》ぎたいところであったが、

「殿におかれては、そこ許《もと》に何やら頼みたき儀があるようじゃ」

と、用人の深尾に耳打ちされていたので辞去もできなかった。それに、何やら頼みたいことがある——この言葉は、剣術指南役ではなく、取次屋栄三にとってはこたえられない響きを持っている。

「ああ、そうですか。わたしなんぞにいったい何の御用でしょうかな……」

などと少しばかり渋面《じゅうめん》を作ってみるが、内心は仕事にありつけるかもしれないと、ついニヤリとしてしまう。

書院に通されると、深尾又五郎が相伴《しょうばん》をした。当主・永井勘解由は上機嫌で、奥向きの稽古を始めたことは大いに意義があったと手放しで喜び、鯛《たい》の酒蒸《さかむ》し、蒲鉾《かまぼこ》のわさび醤油《じょうゆ》付け焼など、なかなかに手の込んだ料理を勧めつつ、

「剣術指南役にこのようなことを頼むのは真に気が引けるのだが……」

と、例の深尾が耳打ちした頼み事を切り出した。

「いえ、どうかこの栄三郎がことは、堅苦しく思《おぼ》し召しになられずに、御用聞き

くらいにお考え下さりますように、お願い申し上げまする」

栄三郎は畏《かしこ》まってみせた。

「それを聞いて安堵《あんど》致した……」

勘解由は、知行所の百姓娘が代官の不正を訴えようと江戸へ出て来た時、これを巧《たく》みに守って、御家の汚名を事前に濯《そそ》いでくれた栄三郎の機転を大いに買っていた。

その百姓娘が、今は元気に奥奉公をしている前述のおかるであるわけだが、

――ひょっとすると、今度もまた、御家の名誉がかかった大変なことかもしれぬ。

気を引き締《し》めた時――書院に歳《とし》の頃十五、六の若侍が入って来て、ちらりと栄三郎を睨《にら》むように見た。

表情が尖《とが》っていて、どことなく生意気《なまいき》なこの若者は奴凧《やっこだこ》を携《たずさ》えていた。

「これは、奥の実家《さと》である椎名《しいな》の次男坊で、貴三郎《きさぶろう》と申す」

奥方・松乃の甥《おい》であると、勘解由は紹介した。

「こちらは奥向きの武芸指南役の秋月栄三郎殿じゃ。以後、懇意《こんい》に願うがよい」

勘解由に促《うなが》され、椎名貴三郎は栄三郎に会釈《えしゃく》した。

「ふッ、ふッ、見ての通り、何とも小癪《こしやく》な若造であるが、余はそこが気に入っておってな」

妙な誉《ほ》められように、貴三郎は少し照れくさそうに苦笑いを浮かべた。額に何やら引っ掻《か》いたような痕《あと》がある。それが何とも愛敬《あいきよう》を生み、彼の表情に漂う生意気ぶりを緩和している。

こういうところを勘解由は気に入っているのかもしれないと栄三郎は思った。

「大儀であった。爪を置いていくがよい」

貴三郎は手にした奴凧を勘解由に差し出すと、

「必ずや、この凧の主を見つけ出してくださりませ……」

脹《ふく》れっ面《つら》で書院から退出した。

「あれの父親は奥の弟にあたるのじゃが、これがまた優しい男でのう。甘やかすゆえに貴三郎め、図《ず》に乗りよってあれこれ粗暴な振る舞いが目立つようになった。それゆえ、当家でしばらく預かることにしたのじゃよ」

「若い頃はそれくらいの方がようござりまする」

かく言う自分も、剣術修行の傍《かたわ》ら随分《ずいぶん》と羽目を外して、師の岸裏伝兵衛に叱《しか》られたものだと栄三郎は笑った。

「ときに、その奴凧には何か曰《いわ》くが……」

「これは話が横にそれてしもうたな。秋月殿に頼みたいこととはまさしくこの凧のことなのじゃ」

「はて……」

首を傾《かし》げる栄三郎に、用人・深尾又五郎が、勘解由に代わって説明した。

「それが、昨日のことでござった。糸の切れたこの奴凧が、当家の屋敷内に落ちてきたのでござるよ……」

凧は、ちょうど庭にいて屋敷で飼っている犬をからかっていた椎名貴三郎めがけて落下した。

「なるほど、貴三郎殿の額の傷はその時に……」

「そういうわけでござる」

生来利《き》かぬ気で気の短い貴三郎はこれに怒って、

「おのれ、何奴《なにやつ》の仕業《しわざ》じゃ！　男の生《い》き面《づら》に傷をつけたまま済むと思うなよ！」

と息まいた。

ちょうどそこへ通りかかった勘解由が、

「たかが奴凧に生き面を引っ掻かれるとは、ひとえにそちの武道不心得ではないか」

と窘《たしな》めた。

そう言われると確かに己《おの》が不覚である。

貴三郎は口を尖らせたまま凧を蹴《け》とばしたが、勘解由はその凧が気になった。

凧には〝にんそくごやのみなをおたすけください〟と、子供の手で書かれていたからである。

「はて、これはいったい何のまじないじゃ……」

凧を上げた者に興をそそられたのである。

しかも、〝おたすけください〟という言葉が引っかかる。使い古した安手の凧に、子供が祈りをこめて宙に放ったのであれば、何とも不憫《ふびん》ではないか——。

元より勘解由は人情深い性格の持ち主である。糸の切れた凧が偶然自分の屋敷内に落ちてきたとすれば、これは天の思し召しと思わずにはいられない。この凧の持ち主にこれを返しつつ相談に乗ってやりたい。

ふとその時浮かんだのが、明日、奥向きの武芸場で初稽古に臨《のぞ》む秋月栄三郎のにこやかな顔であった。

「貴三郎、その凧を明日の昼、書院に持って参れ。凧の持ち主が誰かを調べてやろうほどに……」

と、思わず告げていたという。

「つまるところ、お殿様におかれましては、その凧の持ち主をこの栄三郎に……」

栄三郎は深尾の話を聞いて勘解由に伺《うかが》いをたてた。

「面倒な話ですまぬが、これはおぬしに頼みたいのじゃ」

勘解由はすまなそうな表情を浮かべたが、

「いえ、御用人からお話を伺いますに、某《それがし》も堪《たま》らぬほどに興をそそられましてございまする」

栄三郎はその奴凧を受け取ると、この頼み事を快諾した。

俄《にわか》に屋敷に舞い込んだ凧の持ち主を捜そうなどとはなかなか酔狂《すいきょう》であるし、栄三郎にも、〝おたすけください〟と書かれた言葉は気にかかる。

さらに、永井勘解由は、乱暴者で手が負えぬゆえに椎名家から預かったという貴三郎を、この凧の件で少しは大人にしてやろうという想いを持っているのではなかろうか――。

あれこれ考えていると心が躍《おど》ってくる。

――やはりおれは、武芸の指南なんぞより、取次屋が似合っている。

そんな想いに我ながら苦笑いを禁じえない栄三郎は、やがて永井邸を辞して、奴凧を片手に京橋へ戻ったのである。

手習い道場の前では、又平《またへい》が待ち受けていた。

晴れの出稽古の初日である。門人・雨森《あまもり》又平として供をするかと誘ってはみたものの、

「いくらあっしの面の皮が厚いったって、三千石の御旗本の御屋敷に剣客を気取っては行けませんや……」

と、留守番を願ったのであるが、やはり惚れこんだ旦那《だんな》のことは気になるのであろう、今か今かと帰りを待っていてくれたようだ。

「又平、今帰ったぞ……」

取次の仕事を貰《もら》ってきたゆえ忙しくなるぞ――という言葉が口に出ぬ間に、

「旦那、ちいっとばかり大変なことになっておりやすよ……」

又平は、少し引きつった笑いを浮かべた。

「大変なことだと……？」

小首を傾げながら道場へ入ると、そこにはいかにも嵩《かさ》の高そうな剣客三人が居

並んでいて、にこやかに栄三郎を迎えた。

「こ、これは……」

「はッ、はッ、驚いたか栄三郎」

まず声を発したのは、剣の師・岸裏伝兵衛であった。

「先生に今度の出稽古のことをお報せ致したところ、旅先から駆け戻って下されたのだぞ」

横で感慨《かんがい》深げに頷《うなず》いたのは松田新兵衛――。

「おぬしの剣客としての新たな首途《かどで》に、竹山《たけやま》先生が一手指南をつけてやろうと、お忙しい中、わざわざお越し下されたぞ」

岸裏伝兵衛が連れて来てくれたというのは馬庭念流《まにわねん》の遣《つか》い手・竹山国蔵《くにぞう》であった。

「おぬしもいよいよ旗本屋敷へ出稽古に赴《おもむ》く身となったか。師範ともなれば、それなりの剣を身につけねばならぬの」

頰笑《ほほえ》む国蔵の面相はふくよかで、いかにも穏《おだ》やかな初老の武士に見えるが、

――おいおい、勘弁してくれよ。

竹山国蔵が一旦剣をとれば鬼神と変ずることを、栄三郎はよくよく知っている

のだ。

——おれはもう三十六になるんだ。今さら剣など上達しねえよ。

とはいえ、

「お引き取り願えませんかね……」

とも言えずに、我が身を想ってくれる三人の剣客に、栄三郎はただただ引きつった笑みで応《こた》えるのであった。

二

翌日。

いつもの手習いを終えた秋月栄三郎は、馴染みの船宿〝亀《かめ》や〟で船を仕立てると、浅草《あさくさ》へと向かった。

朝から出かけた又平と、駒形堂《こまがたどう》で落ち合うことになっていた。

手には件《くだん》の奴凧がある。

昨日の心優しき三剣豪による、多分にありがた迷惑な稽古で体の節々《ふしぶし》が痛む。

松田新兵衛はともかく、岸裏伝兵衛はもう五十に手が届くはずだし、竹山国蔵はさらにその年長である。

――どうしてあんなに元気なんだ。おかしいだろ。人間らしく歳をちゃんと取れってんだ。

心の中でぼやきつつも、ああいう連中と若い頃は剣を交えて稽古に明け暮れたのである。

――おれもなかなか捨てたもんじゃねえや。

と、取次屋が生業だと言いながらも、未《いま》だ剣の道に片足を突っこんでいることに、それなりに満足を覚えてしまうのである。

――まあ、おれはおれの剣を求めていけばいいさ。

やがて船は大川端《おおかわばた》の岸に着いた。ここから駒形堂はすぐ近くだ。

硬直しそうになる足の痛みを抑えつつ歩みを進めると、又平がすでに御堂の庇《ひさし》の下で待っていた。

「御苦労さまでごぜえやす」

又平は、栄三郎のぎこちない歩き方を見て笑いを堪《こら》えた。

昨日の四剣客の稽古は凄《すさ》まじい気迫に充《み》ちていて、栄三郎に稽古をつけてもらいにやって来た町の物好き達は、中を覗《のぞ》くや恐ろしくなって、こそこそと逃げるように帰って行ったものだ。

「目星はついたかい」

栄三郎は又平の含み笑いを咎《とが》めるように、ぶっきらぼうに問うた。

「へい、人足小屋というのは恐らく、諏訪《すわ》町と黒船《くろふね》町の間の川沿いに建っている掘建て小屋のことじゃあねえでしょうかねえ……」

利かぬ気の若侍・椎名貴三郎の頭上に落ちてきたという奴凧には、〃にんそくごやのみなをおたすけください〃と書かれてある。

この人足小屋とは何処《どこ》のことなのか――。

凧が空を舞い、遠くへ落ちるにしろ、さほど永井勘解由の屋敷から離れた所でもなかろう。

永井邸の周囲には武家屋敷が続き、石原町を見回すに、人足小屋らしき所はない。

それならば、対岸の浅草の川辺ならどうであろう。

朝から又平がこの辺りに出かけたのは、それを調べるためであったのだ。

そして又平が処《ところ》の者達からあれこれ聞きこんで目星をつけたのが、その掘建て小屋である。

掘建て小屋の周辺は現在、大川の川普請《ぶしん》が行われていて、その掘建て小屋は人足達の飯場となっているようなのだ。

「そこには女子供も住んでいるってえますから、凧を上げる子がいたっておかしくはありやせん」

栄三郎が見たところ、確かにその辺りなら、糸の切れた凧が対岸の石原町にまで飛んで行ったとておかしくはないだろう。

早速二人して行ってみた。

折しも大川端では川普請が行われていた。

どうやら公儀による御救《おすくい》普請の一環であるようだ。

というのも、この頃より半年前——江戸には大火があり、方々で火災によって家も職も身内も失い、途方に暮れる者達で町は一時溢《あふ》れ返った。

京橋、日本橋界隈《にほんばしかいわい》も相当な被害を受けたが、幸いにも、手習い道場と裏手の〝善兵衛《ぜんべえ》長屋〟周辺は全焼を免《まぬが》れ、豪商・田辺屋宗右衛門《そうえもん》の尽力もあり、すぐに立ち直ったので、栄三郎と又平にとっては半年もたてば他人事《ひとごと》のようになっていた。

しかし、その災害の痛手を未だに引きずっている人々は随所にいたのである。

御救普請はそういった者達に仕事を与えるためのものであり、火事で一帯が焼けただれたのを機に治水の普請が行われたことによって、人足小屋に住む者達は職と住居を同時に得られたものだと思われる。

「人足小屋はあれのようですね」

又平は、荒涼とした川岸の土地に建つ掘建て小屋を指さした。

「う〜む、あれか……」

小屋は二棟建っていたが、せいぜい一軒が三畳一間のみすぼらしい合棟《ごうむね》長屋といったところで、ここに人足とその家族を合わせて百人くらいが住んでいるようである。

二棟の小屋の間の路地には、子供、老人、瘦《や》せ細った女などが、あまりに狭い部屋をとび出し、表に床几《しょうぎ》などを並べ、身を寄せ合うようにしていた。

「どこの貧乏長屋も、あれを見ると御殿に思えるな」

栄三郎は嘆息した。

「それでもまあ、焼け出された時のことを思えば、仕事にありつけて雨露しのげるだけ、ましってところなのでしょうねえ……」

又平がしみじみとして言った。

「まあ、そうかもしれねえが、男だけならともかく、女子供に年寄りがあんな所にいるってえのは、何とも侘《わび》しいじゃねえか……」

栄三郎は、つい先ほどまで賑《にぎ》やかにはしゃぎまわる手習い子達を目《ま》の当たりにしていたから感傷に陥《おちい》ってしまう。

〝にんそくごやのみなをおたすけください〟

今、栄三郎が手にする奴凧に記された文言《もんごん》が、何とも哀れを誘うのである。

「こいつはきっと、あの小屋に住んでいる子供が祈りをこめて空に上げたものに違《ちげ》えねえな」

近頃は又平のこういう調べも、真に要領が好《よ》くて素早い。おまけに軽業師《かるわざし》あがりの身軽さも持ち合わせているから、立派に町方与力や同心の手先が務まるのではないかと栄三郎はよく冷やかすが、又平はというと、

「あっしは〝手習い道場〟に暮らしながら、旦那と取次屋稼業《かぎよう》にいそしむのが何よりの喜びでございますよ」

と、どんな時でもまったく気持ちにぶれがない。

「ご免下さいやし……」

又平は、人足小屋へと近付くと、いつもの人懐《ひとなつ》っこい笑みを満面に湛《たた》え、路地

の床几に腰を下ろし、震える手を器用に駆使して御針をしている老婆に声をかけた。

老婆は一瞬、浪人風と、ちょっとくだけた町の若い男の二人連れの登場に怪訝《けげん》な目を向けたが、栄三郎の穏やかな物腰と、声をかけた又平の明るさに引きこまれて、

「何かご用かね……」

と、笑顔で問い返した。

「ちょいとお尋ね申しますが、ここに、こんな奴凧を上げていた坊やがおりやせんかねえ」

又平は栄三郎から件の奴凧を受け取るとかざして見せた。

「奴凧かい。ああ、それならもしかして和坊《かず》では……」

老婆はちょうど傍《そば》の一軒から水桶《みずおけ》を手に出てきた娘を呼び寄せた。

娘は十五、六歳の、目鼻立ちが整ったなかなかの器量好しである。名をお文《ふみ》と言って、和太郎《かずたろう》という七つになる子の姉であった。

お文は又平の手にしている奴凧を見て目を丸くして、

「その凧をどうして……」

と、上目遣《うわめ》いに又平を見た。

やはりここにいた――又平は栄三郎ににこりと笑った。

「これは大川の向こう岸にいなさる御方の頭の上に落ちて来たそうな」

栄三郎がにこやかに言った。

「まあ、それは大変なことを……」

お文は申し訳なさそうに首をすくめた。身形《みなり》は粗末だが、世間擦《ず》れしておらず、育ちの好さが窺《うかが》われる。

このような娘が劣悪な環境での暮らしを強《し》いられていることが、栄三郎の胸を打った。

「いや、その御方はそんなことをとやかくいうような人ではない。これも何かの縁、凧を持ち主に返してやりたいと……」

栄三郎は、凧に書いてある文言を指し示して頷いてみせた。

「それはわたしが余計なことを弟に言ってしまって……」

お文は恥ずかしそうに俯《うつむ》いた。

この凧を上げていたのはお文の弟・和太郎であった。お文と和太郎の父親はすでにこの世になく、空の上から菩薩《ぼさつ》様と一緒に和太郎を見守っているのだと、お文は幼い和太郎を慰《なぐさ》めてきた。

「だから、空に向かってお祈りをしたら、お父《とっ》つぁんが、菩薩様にお願いしてくれると……」

「そうかい……」

それを信じて、和太郎は凧に願い事を書いて大空高く上げれば死んだ父にすぐに通じると思ったのだな、と栄三郎は言った。

「はい……。高く高く、少しでも高く上げようとして、そうするうちに糸が切れてしまいまして……」

大事にしていた凧を失《な》くし、何やら父親にも願い事が届かなかったような気がして、和太郎はそれからふさぎ込んでいるという。

「そんならよかった。凧はこうして戻ったんだ。早く弟に渡しておあげ」

栄三郎は又平を促して、お文に凧を手渡してやった。

「ありがとうございます……」

お文は泣きそうな顔で弟の和太郎を呼び出して、その手に凧を握らせてやった。

和太郎は姉に似て整った目鼻立ちが愛らしく、凧を見るや歓喜の声をあげて、

「おじさんたちは、ぼさつさまなの？」

と、栄三郎と又平は顔を見合ってふっと見た。

栄三郎と又平は顔を見合ってふっと笑った。

「おじさん達は菩薩様ではないが、菩薩様のお遣いの人から、この凧を預かったんだ」

「ほんとう？」

「ああ、本当だ」

栄三郎は和太郎の夢を壊すことのないよう優しく言ってやった。

「だから和坊が書いた願いは届いているよ」

「よかった！　ねえ、こんどそのおつかいの人をここへつれてきて」

「これ、和坊、お遣いの人はお忙しいのよ」

お文は栄三郎を気遣って和太郎を窘めたが、

「いや、和坊、連れてきてあげるよ。だから教えておくれ。人足小屋の人をどんな風に助けてあげれば好いんだい」

「みんなをいじめる奴らを、こらしめてやってもらいたいんだ」

栄三郎の問いに、和太郎は興奮気味に答えた。

「これ、余計なことを言ってはいけません！」

お文が今度は厳しく叱りつけた。

和太郎は悔しさをあどけない顔いっぱいに浮かべて、しゅんとして黙りこくった。

「何の御礼もできませんが、よろしかったら、外の床几に腰をかけてお茶でも飲んでいって下さい」

お文は改めて栄三郎と又平に頭を下げた。

どこまでもしっかりとしたお文の様子に、

――女というものは大したもんだ。

栄三郎は感心しながらも、今日のところはこのまま帰るとにこやかに言葉を返し、菩薩の遣いは必ず連れてくるからと幼い和太郎に希望を与え、人足小屋を後にした。

和太郎が言う〝こらしめてやってもらいたい〟奴らのことが気にかかるが、いきなり人足小屋の者達からあれこれ聞き出して、かえって迷惑がかかってもいけない。

この人足小屋が置かれている状況を調べてから出直す方が好いと、栄三郎は判断したのである。

だが、人足小屋の状況はすぐに知れた。

小屋を離れ、小屋と普請場を囲う木立《こだち》にさしかかった時、背後から物々しい騒ぎ声が聞こえてきたのである。

振り向いて木立の陰から窺い見るに、人足の一人が怪我《けが》をしたようで、人足仲間によって戸板に載せられ運ばれてきていた。

「おっ母《か》さん！　どうしたんだい！」

お文と和太郎が、運んで来たうちの一人の女に駆け寄った。

「足場が崩れて、六造《ろくぞう》さんが怪我をしたんだよ」

「お時《とき》さん、本当に大丈夫だよ。手前《てめえ》で歩けるから、皆、構わねえでくんな……」

様子を見るに、姉弟の母親はお時というようだ。姉弟の父は死んだというから、母親が普請場で働いているのであろうが、女の人足姿は痛々しく映《うつ》った。

運ばれてきた六造という人足は強がるものの歩くこともできず、がっくりとして、人足小屋からとび出して来た女房に申し訳なさそうな目を向けた。

そこへ、紺《こん》の印半纏《しるしばんてん》を着た二人の男がやって来て、

「何でえ六《ろく》、その様《ざま》ァよう。今日の手間は払わねえからな。おう！　お前らも早く普請場に戻りやがれ。こちとら銭《ぜに》払ってんだからよう！」

などと、怪我をした人足を労《いたわ》るどころか悪《あ》し様《ざま》に罵《ののし》って、運んで来たお時達を追い立てるようにして普請場に戻っていった。

お文は気丈にも、表にいる年寄り達と共に六造の女房を手伝って、怪我をした六造を人足小屋へと運んで行った。

ちびすけの和太郎は手伝うこともできず、

「大じょうぶだよ。ぼさつさまのおつかいの人がきてくれるから」

と口にして、またお文に窘められて、人足小屋の中へと消えていった。

「又平……」

「へい。懲《こ》らしめてやらねえといけねえのは、あの連中ってことで……」

「ああ、大方の察しはつくが、こんなことが毎日のように続いているんだろうよ。和太郎の願いを菩薩様に届けてやりてえもんだな」

「まったくで」

「日が暮れるのがめっきり早くなってきやがったなあ」

栄三郎の目に、夕暮れの中、そこかしこで上がり始めた炊《かし》きの煙が何とも儚《はかな》くて頼りなげに思われて、痛いほど胸を締めつけるのであった。

三

秋月栄三郎が、永井勘解由の屋敷へ参上したのはその二日後の夕方であった。

この間、件の人足小屋のことについてもあれこれ様子が見えてきた。

勘解由はこの一件について相当な関心を寄せているようで、栄三郎の到着を用人・深尾又五郎から知らされるや、自らが中奥の書院へ出た。

「なるほど……。御救普請の人足小屋とな。左様《さよう》か、大川端に普請場があることを知らなんだ」

「そこを取り仕切っているのが、口入屋の権兵衛《ごんべえ》という男で、前《さき》の大火で困っている町の者達に金を貸し与え、人足小屋へ住まわせ、仕事を与え、そこから少しずつ貸した金を返してもらう……。そのようなことをしているようにござります る」

「火事で何もかも失《うしの》うた者達にとっては、当座をしのぐに好い手立てであろうな」

「はい。ところがいざ人足小屋へ入ってみると、普請の手間は安い、仕事は辛《つら》い。借りた金には高い利息がつけられて一向に減らない。苦情を言おうものなら、やくざ者の乾分《こぶん》達が脅《おど》しつける……。まさに地獄に落ちたようなものにござります」

「人の弱みにつけ込みよって……」

永井勘解由は栄三郎からの報告を受けて低く唸《うな》った。

現在は無役の〝寄合〟ではあるが、五年前までは勘定奉行を務めていた勘解由の目は話を聞くうちに鋭さを増していった。

表面上は辻褄《つじつま》が合っている御救普請の裏側に、何やら魍魎《もうりょう》たるものの蠢《うごめ》きを覚えたからである。

体調を崩《くず》し惜しまれつつ致仕《ちし》した後は養生《ようじょう》に努め、秀才の呼び声高い房之助を婿養子としたことで、後顧《こうこ》の憂《うれ》いがなくなったからか、この一年の間にすっかりと勘解由の気力体力は充実していた。

聞けば和太郎という子供が不憫でならない。

致仕してよりこの方、屋敷内に引き籠《こ》もり、市井《しせい》の動きをまるでわかっていなかったことに苛立《いらだ》ちさえ覚えたのである。

「よし、ならば余が菩薩になってやろう」

勘解由は力強く言った。

「それは何よりのことと存じまする」

久しぶりに見せる主君の充実した気迫に、書院に控えていた深尾又五郎が感じ入った。

「まず菩薩の遣いをやるとしよう。又五郎、貴三郎をこれへ」

「ははッ……」

主君の意図が読めたか、深尾はふっと笑った。

「秋月先生、貴三郎は犬や猫を慈《いつく》しむ、なかなか心根の優しい男ではあるが、あれこれと理由があり人を好まぬ。その上にまるで世間を知らぬときておる。だが、菩薩の遣いならば、世間知らずも気になるまい。少しばかり面倒を見てやってはくれぬか」

貴三郎が来るまでの間、勘解由は栄三郎に穏やかに頼んだ。

生意気盛りの若君を預かるなど気は進まぬが、三千石の旗本自らが大事を託すのである。

「わたくしごときに、奥方様の甥御様をお預けになってもよろしゅうございまするか」

と、栄三郎は伺いをたてずにはいられなかった。

「秋月栄三郎に頼みたいのじゃよ。手に負えぬゆえ当家に預けたのじゃ、誰にも文句は言わせぬ。どうじゃな」

「それならば、畏まってござりまする……」

栄三郎は、勘解由が自分に託すと言った深い意味合いを、心の奥に呑《の》みこんで平伏した。

そこへ貴三郎が入って来た。

「凧の持ち主がわかったそうにござりまするな」

開口一番、貴三郎はまくしたてるように言った。

「うむ、秋月殿が捜してくれた。腹が立つなら一言文句を言ってやるがよい」

「言ってやりますとも。次第によってはぶん殴《なぐ》ってやりましょう」

「相手は子供じゃ。殴るまでもあるまい。ここへ来てよりこの方、外へ出ることもなかったゆえ、秋月殿に世間というものを見せてもらうがよいと申しておるのじゃ」

「伯父《おじ》上は貴三郎を世間知らずと侮《あなど》っておいでてござるが、今まで何度も町へ出て、下々《しもじも》のことくらいわかっておりまする」

貴三郎の生意気ぶりは、勘解由が相手でも変わらない。

若き日の勘解由の短気を知るだけに、深尾又五郎は少しはらはらとして見ていたが、

「はッ、はッ、この意地っ張りめが、なんでも好いから明日にでも行って参れ」

存外に勘解由はその生意気ぶりを楽しんでいるようで、この問題児の外出を許したのである。

翌日。

栄三郎は椎名貴三郎を伴《ともな》い、浅草へと出かけた。

永井勘解由からの頼まれ事ということで、剣友・松田新兵衛が手習い師匠の代教授を務めてくれた。

微行《びこう》のことではあるが、貴三郎は着流しに大刀を落とし差しにした、いかにも大人ぶった出立《いでた》ちで、袖《そで》なしに袴《はかま》を身に着けた剣客風の栄三郎と道行くと、どうも不釣合であった。

屋敷を抜け出しては盛り場に繰《く》り出し暴れ回った貴三郎のこと。どこまでも恰《かっ》好《こう》をつけたいようだ。

吉原《よしわら》では何という太夫《たゆう》と馴染んだとか、深川《ふかがわ》では引くに引かれぬ男の意地で、他の旗本の子弟と大喧嘩《おおげんか》をしたとか、本所の永井邸を出てから貴三郎はなめられまいと思ったのか、道中そんな話をやたらと栄三郎にしてきた。

だがそれほどまでの悪ぶりを発揮してきたこの若いのが、奴凧の持ち主に一発喰《く》らわせてやろうなどとは、何とも子供じみていて頬笑ましい。

永井家の家来達に時折稽古をつけに出向く松田新兵衛の話では、貴三郎の剣の筋は悪くないそうである。

剣術の稽古など面倒がるかと思いきや、椎名家ではろくな稽古ができなかったようで、新兵衛の姿を見かけるや稽古を望み、竹刀《しない》をかすりもさせてもらえぬことを悔しがり、何度も何度も打ちかかってくるという。

用人・深尾又五郎が、そっと栄三郎に伝えたところによると、貴三郎は妾腹《しょうふく》の子で、父・椎名右京《うきょう》は手許《てもと》に置いて可愛《かわい》がったが、正妻はこれを喜ばず、ことあるごとに辛く当たった。次男坊でもあり、家中の扱いも悪い。成長するに従い、貴三郎が反発を覚えるのも無理からぬことで、次第に粗暴な振る舞いが多くなり、それがまた右京の正妻との対立を呼び、ついには永井家に預けられたのである。

表向きは、永井勘解由の中小姓《ちゅうごしょう》を務めていることになっているが、勘解由はあくまで妻・松乃の身内の者として遇してやっている。

貴三郎も彼なりに、日々負けまいと頑張ってきたのであろう。

だが、まだ大人になりきれぬ年頃の貴三郎にとって、その戦いは彼を排除しようとする者に対する暴力的な抵抗でしか表現できないのかもしれなかった。

「栄三先生……」

貴三郎は栄三郎をそう呼んだ。

屋敷を抜け出して町場の者と遊んだ時は、〝きざ〟と人に呼ばせていたという貴三郎は、〝えいざ〟という響きが気に入ったようだ。

説教臭いことは言わず、かといって勘解由からの頼まれ事と気を遣うこともなく、自慢話などをそうかそうかと聞いてくれる秋月栄三郎なる武芸指南に、貴三郎は少し心を開いたともいえる。

「栄三先生……。おれはそもそも生まれてくるべきじゃあなかったんだ」

「そうなのかな……」

「そうだよ。聞いているだろう。おれがこの世に生まれ出たからお袋は体が弱ってすぐに死んじまったし、親父《おやじ》はあの鬼婆ァ《おにばば》に気を遣って、兄貴に気を遣って、永井の家に頼み事をしなけりゃあならなくなったんだ」

「だが、子供には生まれ出てくる所を選べぬではないか」

栄三郎の物言いにも遠慮はなかった。

「そうだ。まったくそうだ。おれにはまったく罪咎《つみとが》はねえんだ。だからおれは気に食わねえことがあったら黙っちゃあいねえ。相手が誰であろうと嚙《か》みついてやるんだ」

生まれ出てくるべきではなかったのだ、いつ死んだっていい、と貴三郎は言う。

「それゆえ、貴三郎殿は怖いもの知らずというわけだ。ははは、こいつは好い。そんな風に肝《きも》の据《す》わった生き方を、男ならしてみたいものだ」

大いに賛同してやると貴三郎は黙った。

肝の据わった生き方と言われると、途端自信がなくなるのも若者の常である。

栄三郎はこういうところが世慣れている。

二人は今、本所から渡し船で御厩河岸《おうまやがし》の渡し場へと向かっている。

やがて船から川普請の様子が見えた。汗と砂塵《さじん》にまみれて働く人足達の向こうに掘建て小屋も見える。

「凧の持ち主は、あの小屋に住んでいるのでござるよ」

「あの小屋……。あんな所に人が住めるか」

「ところが住んでいるのだよ……。さあ、参ろう」

渡し船は岸に着いた。御厩河岸の渡し場は、幕府御米蔵が立ち並ぶ河岸の北側にある。

そこからさらに北へ歩を進めると普請場がある。

御米蔵がある河岸は間もなく日の暮れを迎え、米の荷揚げ作業もほとんど終わり、ひっそりとしてきた。それが普請場辺りの情景を、さらに荒涼としたものにしていた。

土運びをする人足の中には女や年寄りの姿もあり、監視する口入屋の若い衆に追い立てられるようにして作業をしていた。

「貴三殿《きざ》、ここの人足達はあんな風に、牛や馬みたいに働かされているようだな……」

「ふん、奴らも生まれてくるべきではなかったということだ」

吐き捨てるように言って強がったものの、貴三郎の表情には動揺が浮かんでいる。

「そんな連中の子供にやはり文句を言ってやるつもりかな」

「おれは頭に来たことがあれば決着をつけぬと気がすまぬ性分《しょうぶん》でな」

貴三郎は強がって歩き出した。

普請場をよけて、岸辺を北へ進むと、件の人足小屋へ出た。

表の床几では、先日足を怪我した六造が女房のおまさに足の傷を洗ってもらっている。

「さて、ここが人足小屋でござる」

「ここが……」

遠目に見て首を傾げた貴三郎であったが、傍で見て目を疑った。

これから来る冬の寒さをどのように凌《しの》げばよいのかというような節穴だらけの掘建て小屋。そこに並ぶ部屋はあまりにも狭小で、所々に干されてある洗濯物のみすぼらしさが、ここの住人達の極貧を物語っていた。

次男坊の穀潰《ごくつぶ》しで、町場の不良仲間とつるんで暴れ回ったと自慢する貴三郎であるが、こんな下層の暮らしに触れたことはない。

言葉を失う貴三郎は、永井勘解由が言ったように、根は犬や猫を慈しむ優しい男である。ましてや人の困苦をまのあたりにすると、若者の純な怒りがもたげてくるのであろう。

「火事で何もかも失くして、着のみ着のままの者にとっては、こんな所でも随分とありがたいことなのであろう」

栄三郎は諭《さと》すように言った。

そこへ、栄三郎の姿を見かけた和太郎が奴凧を抱えてとび出してきた。

「おじさんはこのあいだの……」

「ああ、和坊、凧の破れを繕《つくろ》ったのだな。なかなか器用じゃないか」

栄三郎は和太郎の頭を撫《な》でてやった。

しかし、凧に書かれてあった祈りの言葉は黒く塗り潰されていた。口入屋の破落戸《ごろつき》達の目を恐れた姉のお文が消したのであろう。

「その凧はお前が飛ばしたのか」

貴三郎は和太郎が凧の持ち主と知り、叱りつけるように言ったが、すでに怒る気力は萎《な》えていた。

「うん、ぼさつさまにお願いごとをしたんだ」

「菩薩様……？」

物怖《お》じせずに答える和太郎に、貴三郎は首を傾げた。

和太郎の後からついて出て来た姉のお文は、きっとこの御方の頭の上に凧が落ちたのだと察して、栄三郎に会釈をすると、

「弟は凧を上げることだけが楽しみでございまして、どうぞ許してやって下さい……」

貴三郎に頭を下げた。

貴三郎は可憐《かれん》な娘に詫《わ》びられては二の句が継《つ》げず、

「和太郎、凧を上げる時は糸を切るような間抜けをするな」

そう言うと、最早《もはや》うんざりだとばかりに栄三郎に決まりの悪そうな渋面を向けて立ち去ろうとした。

「お侍さんはぼさつさまのおつかいの人なんでしょ」

それを和太郎が呼び止めた。

「菩薩様の遣い……?」

怪訝な表情で振り返る貴三郎に、あの子は人足小屋の人を救ってもらいたいという願いが、あの凧によって菩薩に届けられたと信じているのだと、栄三郎が素早く耳打ちした。

馬鹿なことを言うな——おれはそんな甘っちょろい慰《なぐさ》めはしねえぞと、栄三郎

を睨んだ時であった。

向こうの床几で傷の手当てをしている六造、おまさの夫婦の所へ、口入屋の若い衆がやって来て、

「おう、六造。お前、怪我でいつまでも仕事ができねえっていうなら、ここから出て行ってもらうぜ」

「もちろん、お前の親父が死んだ時に貸してやった弔《とむら》い賃を返した上でのことだがな」

と、凄《すご》んでみせるのが窺い見れた。

「ちょっと待ってくれよ！　親父の弔い賃は、ここで働いた中から返すことになっていて、もう済んだはずだぜ……」

六造は縋《すが》るように答えた。

「まだ利息の分が残っているんだよ」

「そんな……」

「貸した金に利息がつくのは当たり前だあな。どうするんだよ！」

払って出て行ける金があれば、ここで賃稼ぎなどするはずもない――。

「この人の怪我が治るまでの間、わたしが働きますから、どうかこのままここで

働かせて下さい……」

泣く泣くおまさは願い出る。

「よし、わかったが、お前は女だ。手間は半分しか払わねえからそのつもりでな」

口入屋の若い衆は、熊吉《くまきち》と吉松《よしまつ》という破落戸である。世の中にはよくこれほどまでに人をいたぶることができるものだと嘆息してしまう輩《やから》がいる。いったい、よちよち歩きの子供の頃から始まって、どこでどう変わってしまったのかと思ってしまう。

まさしく、熊吉、吉松がそうである。ここに姿を現わさぬが、こんな二人を手下に持つ口入屋の権兵衛はどんな奴なのだろう……。

栄三郎は、こちらの方へは一瞥《いちべつ》もくれずに去って行った二人を見送りながら、憤《いきどお》りを禁じ得なかったが、ふと貴三郎を見ると、何も言えずに目を伏せて、破落戸達の横暴を見すごすしかないお文と和太郎の無念を哀れと思ったのか、彼もまた憤りを顕《あら》わにして、

「何だあいつらは、向かっ腹が立つぜ……」

喧嘩のひとつ売ってやればよかったと吐き捨てた。

「和坊、この人は〝きざさん〟と言ってな。あんな奴らをまるで怖がらない強い人なんだぞ」

栄三郎はここぞと貴三郎を持ち上げた。

「じゃあやっぱり、ぼさつさまのおつかいの人なんだね。だから、連れてきてくれたんでしょう」

和太郎は目を輝かせた。

「おれは菩薩様のお遣いなんかじゃねえよ！　まったく、何だここの奴らは。あんな馬鹿野郎どもの思うようにされて、情けないぞ。しっかりしやがれってんだ！」

貴三郎はめそめそしたことが嫌いであった。養母に辛く当たられた時、泣いたら負けだ、涙を見せずに反抗してやることが何よりの意趣返しだと歯をくいしばってきたのだ。

菩薩様の遣いだと喜んだ和太郎は、俄に怒り出してそそくさと去って行く貴三郎の想いなど知る由《よし》もなく、お文も凧をわざわざ返しに来てくれたかと思うと、今日は少しぐれたような若侍である貴三郎を連れてきた栄三郎の真意が知れず、しょんぼりとして貴三郎を見送るばかりであった。

「心配するな。ああやって怒っているが、あのきざさんは、本当に菩薩様の遣いだ。今日、この人足小屋を見た上からは、必ず皆を助けてくれるさ」

栄三郎はそう言い置いて、貴三郎の後を追った。

四

「伯父上、爪の主を叱りつけるどころではございませなんだ。それはもう、人足小屋というのは酷《ひど》い所でござりました」

「そうであろうの」

「そうであろう……。伯父上は初めからわかっておいでてでござったか」

「わかっていたも何も、〝にんそくごやのみなをおたすけください〟と爪に書いてあったではないか」

「それは確かに……」

「そちは、それが気になって爪の持ち主を捜してくれと申したのではなかったか」

「いえ、わたしはその……」

「凧を頭にぶつけられた文句を言ってやるというは、そちの照れ隠しと思うたが、まさか、凧に書いてある文句も見落とすほどに怒っていたとは、そちもまだまだ子供じゃのう」

「そんなことはござりませぬ。貴三郎は、凧を頭にぶつけられて怒っておりましたが、凧に書いてある文句は気になっておりました」

「それでこそ男じゃ。照れることはない。人を助けてやろうという俠気《おとこぎ》がのうて何とする」

「貴三郎は男にござる。元より俠気は持ち合わせておりまする……」

人足小屋を訪ねた後、屋敷に戻った椎名貴三郎は秋月栄三郎と共に勘解由に今日の報告をした。

何が菩薩の遣いだ――神仏に頼っていないで自分達で悲惨な暮らしから逃げ出せばいいではないか。

そんな想いに苛々《いらいら》としてお文・和太郎姉弟と別れたが、あんな小屋に人を住まわせてこき使う、あのいかにも卑《いや》しい破落戸がどうにも気に入らなくて勘解由に訴え出たものの、逆に見事に勘解由に乗せられてしまったわけだ。

栄三郎は、巧みなやり取りで貴三郎に正義感を植えつけていく勘解由の老獪《ろうかい》さに感じ入った。すでに勘解由は、かつて勘定奉行を務めていた頃の手蔓《てづる》をたぐり寄せ、菩薩の役目を果たさんとしていた。

今日も栄三郎が貴三郎と出かけている間、勘解由もまた珍しく微行の外出をして、そっと普請場と人足小屋を遠目に確かめて、こういう事態を放置している役人共に憤りを覚えていたのである。

普請奉行配下の普請下《した》奉行が勘定方の役人と気脈を通じ、人足の手配を口入屋の権兵衛に請け負わせることで、何らかの利を得ている——あの普請場と人足小屋にはそんな裏事情があるのに違いないと、勘解由は見た。

すでに、屋敷内で見事に花を咲かせた菊花を数種、深尾又五郎に持たせ、勘定奉行を訪問させていた。

その折に、深尾は巧みに大川端の御救普請の話を持ち出して、なかなかの難工事と噂《うわさ》されていると奉行に伝わるようにしていた。

しかし、そんなことは貴三郎の前ではおくびにも出さない。

「貴三郎、そちの力で人足小屋の者達を助けてやるがよい」

と突き放すように言った。

「わたしが……でござるか」

「他に誰が、取るに足らぬ人足小屋を助けるのじゃ」

「伯父上が、役人共に一声かければ何ということもありますまい」

「この伯父は寄合の身じゃ。そのような力はない」

「いやしかし、奴らは悪辣《あくらつ》なことをしておりまする。伯父上が進言なされば……」

「悪辣であっても、法は犯しておらぬ」

「叩《たた》けば埃《ほこり》が出るに決まっております」

「ならばそちが叩いてやれ」

「何と……」

「役人と申す者は辻褄さえ合《お》うておれば、互いに突《つつ》き合うたりは致さぬ。確たる証拠というものがない限りは動かぬものじゃ」

「それゆえ、わたしにその証拠を探し出せと……」

「貴三郎は男じゃ。俠気は持ち合わせておると申したのではなかったか。とどのつまりは人任《まか》せか。もう少し骨のある男じゃと思うておったが……」

「人任せなどにしておりませぬ！」

「おお、その意気じゃ。では何とする」

「あの人足小屋に入って、しばらく普請場で働きましょう」

勘解由はとうとう貴三郎の口からこんな言葉を吐き出させた。

「これはよい。普請場で働きながら探ってやろうなど、なかなかできることではない。よし、この伯父がせめて働けるように手を回しておこう」

「それはありがたい。よろしくお願い申し上げまする」

「うむ。だが、くれぐれも無理は致すな」

「心配は御無用に、栄三先生が一緒でござる」

「え……」

嫌な予感がしていた栄三郎であったが、貴三郎ににこやかな笑みを向けられ、勘解由からは目で頼むと頷かれ、

「乗りかかった船でござりまする。まあ、すぐに奴らの尻尾《しっぽ》を摑《つか》んでみせましょう。はッ、はッ、はッ……」

と引きつった笑いを浮かべ、貴三郎の友情と勘解由の信頼に応えたのである。

勘解由はまたすぐに動いた。

勘定奉行の次は普請奉行の屋敷へ、深尾又五郎をして自慢の菊花を届けたので

ある。

　この折に深尾は、以前、永井屋敷で下働きをしていた者の身内が近頃起きた火事で何もかも失い、路頭に迷っているので、その家の兄弟を御救普請で雇《やと》ってやってはもらえぬかと、奉行の用人に頼んだ。

　そしてこのことが、思わぬ功を奏し、藪《やぶ》に潜《ひそ》んでいた蛇《へび》を突き出すことになったのである。

　普請下奉行・広西丹左衛門《ひろにしたんざえもん》が、浅草花川戸《はなかわど》の口入屋・権兵衛と、今戸《いまど》の船宿で密会しているのを又平が見届けたのである。

　あれから又平は、権兵衛の周辺を探っていた。その上で、深尾又五郎が普請奉行の屋敷を訪れた次の日から、権兵衛に張り付いていたのだ。

　これを、又平の軽業時代からの昔馴染みで、今は手習い道場の裏手の善兵衛長屋で暮らす駒吉《こまきち》と、永井屋敷の奥向きに仕えるおかるが手伝った。

　屋根葺《ふ》きの仕事についている駒吉であったが、取次屋の仕事が物珍しく、このところ何かというと又平の手伝いを買って出るのだ。

　おかるは今や永井勘解由のお気に入りで、身の軽さを買われて又平に付けられた。

元よりこの三人は気心が知れている。巧みに入れ替わりつつ、張り込んだその二日目に、権兵衛が動き出したのだ。

荒くれ人足を束《たば》ねるだけのことはある。

骨ばったいかつい顔に相撲《すもう》取りのような偉丈夫で、その行動は真によく目立つ。

又平は忍び込みの時の常である植木屋の姿。駒吉は屋根葺き職の姿で、それぞれ庭の植え込みと屋根の上に難なく忍んで、権兵衛と広西の平屋奥座敷での会話を盗み聞いたのである。

「そいつは困りましたねえ。あの人足小屋に住まわせているのは、あっしから金を借りている奴らばかりで、利息だ何のと理屈をつけて手間を吸い上げておりやすからいいようなものを。新たに雇うとなると勝手が違います」

「おぬしの申す通りなのだが……。御奉行の方へ、以前は勘定奉行を務めておられた永井勘解由様の用人が持ちこんだ話でな、断りようがないのだ」

「そのようなお偉いお方からの話となりゃあ、あれこれ言いつけたりしませんかねえ」

「なに、永井様も下働きの者のことにそこまで気を遣われまい。一月《ひとつき》もすれば出て行くとのことだ。新入り二人には、少しばかり気を遣ってやればどうということもなかろう。何かの折には任せておけ」

「そんならようございますが……」

「それより、勘定奉行様の方から、御救普請の人足達がなかなかに難渋《なんじゅう》しているようだがどうなっているかとの問い合わせが参ったぞ」

「そんなことが……」

「その場は取り繕《つくろ》ったものの、肝を冷やしたぞ。何者かが噂を流しているのやもしれぬ。人足小屋の者達が余計な口を利かぬようにしっかりと仕切れよ」

「へい。この先は気をつけますでございます……」

広西は畏まる権兵衛に厳しい目を向けると、一冊の帳簿を差し出した。

「勘定方に渡す帳簿だ。いつものようにの……」

「へへェーッ。それならばこちらもいつものように……」

権兵衛は帳簿を懐《ふところ》に収めると、金包みを替わりに差し出した。

途端、広西の口許が卑しく綻《ほころ》んだ……。

その時――頃やよしと、庭の又平と屋根上の駒吉はたちまちその身を跳躍させて、船宿の外の闇の向こうへと消えていったのである。

権兵衛は早速、翌朝早く自らが普請場に乗り込み、人足小屋の路地に百人ばかりの住人を集め、熊吉、吉松達乾分を従え、その押し出しのよさで強烈なる恫喝《どうかつ》を加えた。

「どうも近頃、余計なことを言う奴がいるようだが、おれに文句のある奴がいたら構わねえから前へ出ろ」

権兵衛は、火事で行き場のないお前達に、金を貸してやり、仕事を与えてやり、住まいまで与えてやった。住まいは粗末ながらもこれは自分の金で建てたものだ。手間賃は安いがそれは借金の返済と利息の返済、家賃が含まれていると思えば相応の額である。その上で文句があるのであれば言ってみろと迫ったのだ。

「嫌なら出て行け。貸した金、耳を揃《そろ》えて返してからな」

人足小屋の住民は沈黙した。弱みにつけこまれ、働かされ続け、脅されて……。もうすっかりと怒る気力さえも失くしていたのだ。

権兵衛は、普請下奉行の思い違いだと確信した。こんな腑《ふ》抜《ぬ》けた連中のいったい誰が、報復を顧《かえり》みずに役人に訴え出たりするであろうか。

勝ち誇ったように住人達を見回すと、お文の美しい顔が目に入った。

「おう、こいつは驚いた。掃溜《はきだ》めに鶴《つる》とはこのことだ。お前は死んだ春吉《はるきち》の娘だな。その気になったらいつでも言ってきな。いい所を紹介してやるぜ」

　権兵衛に見つめられ、怯《おび》えて俯くお文の横から、母親のお時が庇《かば》って、

「いい所を紹介するとはどういうことです」

「知れたことよ。ここをずっと北へ抜けて山谷堀《さんやぼり》を西へ行けば、吉原って所があるだろう」

「何ということを……」

　お時は口惜《くちお》しさに声も出ない。

「怒ることはねえや。お前の娘がその気になりゃあ、倅《せがれ》と二人、晴れてこの人足小屋から出て、小ましな家を借りてこざっぱりとした暮らしができようってもんだぜ」

　お時はこれに我慢がならず、

「亭主を殺して、今度は娘まで売りとばそうって言うのですか！」

　と嚙みついた。

「何だとこの女《アマ》！　誰がお前の亭主を殺したってんだ」

「人聞きの悪いことを吐《ぬ》かすんじゃねえや！」

　すかさず熊吉、吉松がお時に凄んだ。

無垢《むく》なお文は和太郎を抱き締めて、すすり泣くしか術《すべ》はない。

そこへ――。

「権兵衛親方はこちらでございますかい……」

と、人足小屋に二人の男が現われた。

人足姿に身をやつした秋月栄三郎と椎名貴三郎であった。

二人を見てきょとんとするお文、和太郎に何も言うなと栄三郎は目で語ると、

「永井様からのお声を頂きやして、今日からお世話になりやす栄三と、こいつが弟の貴三でごぜえやす」

と、何を臆することなく権兵衛の傍へ寄って頭を下げた。二人は家を焼け出された兄弟で、栄三は病の母を女房と共に親類に預け、落ち着く先が見つかるまで、弟の貴三と共に人足小屋に住み、賃稼ぎをするという触れ込みであった。

「少しばかり気を遣うように……」

普請下奉行・広西丹左衛門から言われている新入りの二人が、思いもかけず物腰にえも言われぬ威勢を含んだ男であったことが、権兵衛の今の勢いをしぼませた。

「おう、よく来てくれた。まあ、しっかりと働いてくんな……」

権兵衛はそう言うと、その場から立ち去った。

「さあ、仕事だ！」

人足達は普請場へと向かった。

栄三郎は、和太郎、お文に近寄ると、

「約束通り皆を救いに来た。だが、貴三さんが菩薩様のお遣いだってことは、おれ達だけの内緒事だ。いいな」

そっと告げた。貴三郎はにこやかに姉弟を見ている。

和太郎は喜色満面で頷いた。お文は、こんな所に住み込み仕事をしてまで人助けのために本当にやって来た二人の真意をはかりかねているようであったが、自分と同じくらいの歳の若侍が人足姿で乗りこんできたことに心を躍らせた。

栄三郎と貴三郎は、自分達にあてがわれた一部屋へ荷物を置くとすぐに普請場へと出て、大八車を引いて、土運びの仕事についた。

「和太郎が言っていた、菩薩様のお遣いというのはあなた方でしたか……」

お文と和太郎にそっと話しかけていた栄三郎、貴三郎の様子を見て、大八車を押すお時は囁《ささや》くように言った。

「菩薩様の遣いは、弟の貴三の方ですよ」

大八車を引く栄三郎はこれに応えた。お時と共に車を押す貴三郎は、最早《もはや》否定はしない。

「そのことは内聞《ないぶん》にな……」

少しぶっきらぼうにお時を見た。

「和坊の願いが天に通じたのだ……。おれは権兵衛達の尻尾を摑みに来た」

——すっかり大人になったではないか。

栄三郎は貴三郎が張り切る様子が何とも頬笑ましく、二人の会話に耳を澄ました。

「最前、亭主を殺したと言ったが、あれはどういうことなんだい」

町場で遊び覚えた口調が、今、貴三郎の役に立っているようだ。

「それは……」

お時は少し言い淀んだが、誰かに話して気を紛《まぎ》らわしたい思いがもたげたか、

「うちの亭主はここで働いていて、普請場に煙管《きせる》を忘れたのを取りに行って、足場を組む材木の下敷きになって死んだんです……」

その時のことを悔しさも顕わに語った。

それ以降は、お時がその替わりとなって働き、ここまで過ごしてきたのだとい

う。

「足場の材木が……。奴らは見舞いの金は出したのか」

「そんなものを出すような連中じゃありませんよ……」

「そうだろうな……」

貴三郎の声には怒気が含まれている。だが、それはふてくされた生意気な響きではなく、実に耳に心地好い。

「無駄口叩いてねえでしっかり働きやがれ！」

大八車の背後から、それとは真逆の薄汚い、熊吉の怒声が届いた。

「何だとこの野郎……」

貴三郎はむっとして振り向いた。

それが、権兵衛からあまり絡《から》むなと言われていた新入り二人の大八車であったことに気づき、熊吉は少したじろいだ。栄三郎はにこりとして、

「まだ弟は子供でございましてね。まあはしゃぐのは大目に見てやっておくんなさいまし」

その場を取り繕って、苦い表情でその場を立ち去る熊吉を見送ると、

「腹の立つことは、もうちょっとばかり溜めておくんだな」

大八車を引く手に力を込めた。

それから貴三郎はよく働いた。女、年寄りまでが力仕事についているのである。負けてはおられぬというやせ我慢で、体の節々を痛めながらも弱音《よわね》は吐かなかった。

日が暮れて夕餉《ゆうげ》の時分になると、栄三郎と貴三郎は持参した握り飯を三畳の部屋で食べた。お文と和太郎が根深汁《ねぶかじる》を運んでくれた。

姉弟の表情は今朝とは見違えるように明るかった。

この菩薩の遣いが何かを変えてくれるのではないか――。僅かに浮かんだ先への希望と共有する秘密が心をくすぐり、姉弟に笑みをもたらしているのだ。

「おお、これはうまそうだな。ありがたい……」

栄三郎は熱い汁に舌鼓《したつづみ》を打った。味噌《みそ》は薄いが、厚い人情が濃く溶けている。

栄三郎に勧められて口にする、貴三郎の瞳の奥にきらりと光るものがあった。

「うまい……」

しみじみと息を吐いた貴三郎をお文は嬉しそうに見て、これは自分が拵《こしら》えたものだと自慢気に言うと、和太郎の手を引いて帰って行った。

「おれは兄と口を利いたことさえほとんどなかったが、兄弟というものは好いものだな……」

二人になると、貴三郎はぽつりと言った。

「おれにも兄が一人いるが、大きくなってからはほとんど口を利いたことがなかった。男兄弟というものはそんなものさ」

栄三郎は、握り飯を頰張りながら軽い物言いで応えた。正妻の子である兄と妾腹の子である弟――貴三郎はそれゆえに兄弟が不和であることを想って言ったのであろうが、何かにつけて生母を鬼婆ァ呼ばわりして反抗する弟を、兄は庇うこともできないのであろう。

栄三郎はそう思うのである。

「そのうち、大人と大人の洒落《しゃれ》た話ができるようになるさ」

栄三郎は、大坂《おおざか》で父親の跡を継《つ》ぐべく黙々と野鍛治《のかじ》に励む兄・正一郎《しょういちろう》の姿を思い浮かべた。長い間会ってはおらぬが、時折交《か》わす文の内容は日毎《ひごと》洒落っ気のある味わい深いものとなってきている。

「そんなものなのか……」

貴三郎は小首を傾げた。

「ああ、そんなものさ。男兄弟というものはそういうものだ」

「そうか……、おれには知らぬことが多すぎる……」

貴三郎は開け放たれた出入りの木戸の外を見つめながら呟《つぶや》くように言った。こんな暮らしがあるとは思わなかった。貧しいのは怠《なま》けているからだ、間抜けだからだと思っていた。だが、世の中には自分の力だけではどうしようもないことがあることを、今日初めて知った。僅かばかりの葱《ねぎ》しか入っていない味噌汁の温かさがこれほどまでに体の疲れを癒《いや》すことも――。

「貴三さんは十六でそれを知ったんだ。大したもんだよ。椎名の兄さんだって、こんな所で握り飯を食ったことも、味噌汁を啜《すす》ったこともあるまいて」

安物の魚油《ぎょゆ》の灯火が瞬《またた》く中で、栄三郎の頰笑みが貴三郎の心を和《なご》ませた。

「うむ、そうだな……。そうだそうだ、椎名の兄だって知らねえや……。はッ、はッ……」

貴三郎は若者らしい爽《さわ》やかな笑みを浮かべると味噌汁を飲み干した。

五

三日が過ぎた朝のこと。

早くから栄三郎と貴三郎の部屋に来訪者があった。永井家の奥向きに暮らす萩江である。

栄三郎は、病の母を女房と共に親類に預け、落ち着く先が見つかるまで、弟とここで働かせてもらうという触れ込みになっていたのだが、その女房に扮《ふん》しての登場であった。

当然、人足の女房風に装いを変えている。三十前の年増《としま》ではあるが、武家の装いから一変、少し窶《やつ》れた風情《ふぜい》に仕立てていることが、却《かえ》って婀娜《あだ》な雰囲気を醸《かも》し、栄三郎をどきりとさせた。

「お前さん、差し入れに来たよ」

品川《しながわ》で女郎をしていた昔をそこはかとなく思い出させる口調である。

この役目を買って出た萩江は、楽しくて仕方がないようだが、さすがの栄三郎も、

「そいつはすまねえ……」

と、芝居に応える口調がしどろもどろとなった。

「お殿様はなかなかの勢いでございます」

朝餉用の握り飯、昼の弁当用の焼きおにぎりと香の物を置くと、萩江は声を潜

めた。

又平に口入屋の権兵衛を調べさせた栄三郎であったが、普請下奉行と権兵衛の密談は、又平から永井家用人・深尾又五郎に報され、永井勘解由の耳に入っていた。

「見えすいたことをしよって……。取り締まるべき役人共も取るに足らぬ案件は見過ごしにするつもりか。不埒者《ふらちもの》めが……」

勘解由は勘定吟味《ぎんみ》役へ手を回し、徹底的な詮義《せんぎ》を求めたという。

「伯父上がそのような……」

貴三郎には寄合の身では何もできぬと嘯《うそぶ》いたが、勘解由は密《ひそ》かに動いてくれていた――貴三郎は萩江にそれを報され感じ入った。

勘解由は、この人足小屋でたとえ一日でも過ごせば貴三郎も変わると思い、自らの動きは伏せたが、最早そこに留《とど》まることもない、今日にでも深尾又五郎を遣《や》るゆえ、屋敷へ戻ればよいと言っているらしい。

だが、貴三郎は頭《かぶり》を振った。

「ただの三日で音《ね》をあげたと思われるのも傍《かたは》ら痛《いと》うございます。気になることもござれば今しばしここに……」

そして彼もまた声を潜め、実に丁重《ていちょう》なる口調で萩江に心情を伝えた。

「左様にござりまするか……」

萩江は貴三郎の変わりように瞠目《どうもく》した。

「おれがついているから心配いらねえよ」

栄三郎は萩江を見て頷いた。夫婦の芝居をしてくれた栄三郎に、萩江は高鳴る胸を抑えつつ、無茶をするなと貴三郎を戒《いまし》めて、

「そんならお前さん、早い帰りを待っているよ」

町の女房に戻って、念のためにと持参した米、味噌、干物をその場に残すと、人足小屋を後にした。

普請場の外にはおかると、永井家の若党がそっと控えている。

「萩江殿……、町の女房の芝居があんなにうまいとはなあ。栄三先生と本当の夫婦のようだった……」

感心する貴三郎に、栄三郎はただの芝居だったのだと内心の動揺を抑え、調子にのってしまった自分を窘めて、

「時に、今、気になることがあると言ったが、それはいったい……」

今しがた、貴三郎が萩江に言った言葉が気になって問うた。

「ああ、そうだった……。お文坊と和坊の父親は足場を組むための材木の下敷きになって命を落としたと言っていた……」

「ああ、そうだったな」

「そのことで、腑《ふ》に落ちないことがあると、お時さんが言っていたんだ」

「ほう、聞き出したのかい」

「仕事の合間にあれこれと……」

お時が言うには、お時の亭主で、お文、和太郎の亡父・春吉は、煙管を普請場に忘れて取りに行って事故に遭《あ》ったことになっているが、その夜春吉は、普請場から人足小屋に戻った後、何者かの呼び出しを受けているように思えたというのだ。

その上、春吉に落下した件の材木そのものが、人足達に言わせるとこの普請中に一度も使われたことがないそうな。

「なるほど、そういうことか……」

今までの普請で足場を組んだ覚えはないと人足達は言う。となると、材木は春吉を殺すためにわざわざ運ばれたのではないか――。

実際、材木は春吉が死んだ日に、知らぬ間に運びこまれたのである。お時にしてみれば、殺すために運びこまれたと言いたくもなるであろう。

「だが栄三先生、春吉は、誰に聞いても人に憎まれたりするような男じゃあなかったと言うのだ」

「確かに謎だな……」

栄三郎は、萩江が持ってきてくれた梅干入りの握り飯をかじると考えこんだ。

権兵衛達がいかに破落戸の人でなしであっても、事故死に見せかけるために、わざわざ材木を運びこむような手間のかかることをするとは考えられない。

だが、それをしたとすれば、よほど深い理由があるはずだ……。

「貴三さん、大したもんだ。いいところに気がついたな。お時さんがあれこれ話したのも、貴三さんならと、心を許したからだ」

「いや、それほどのもんでもないさ……」

誉められて、貴三郎がふっと照れ笑いを浮かべた時であった。

二人にお文の絶叫が聞こえてきた。

駆け出てみると、朝の支度《したく》をしていたお時が突然倒れてしまったのだという。

夫を亡くし、二人の子を抱えて気丈にやってきたお時であったが、ここまでの過労と心痛ははかり知れず、それらが遂《つい》に高熱となって襲いかかったのである。

「ただの風邪だから、心配いらないよ……」

それでもなお、弱みは見せずにお文と和太郎を守り抜こうという気構えを見せるお時の姿に、貴三郎は母の強さを見た。

妾腹の子と疎《うと》まれることを推察しつつ、乳呑《ちの》み児《ご》の貴三郎を残して死んでしまった母の何と無念であったことか。

「お時さん、心配はいらぬぞ。おれがお前さんの分まで働けばいいことだ」

その想いがお時への労りの言葉となってすんなりと出た。

しかし、どんな時でも、権兵衛の身内の者達は人を労るということを知らない。

「死なれたらこっちも大損だ。熱が下がるまで休みゃあいいが、その分の稼ぎの埋め合わせはしてもらうぜ……」

お時が倒れたとの報を受けてやってきた熊吉、吉松は憎々しげに言いたてた上に、

「こいつはやっぱり、娘に稼いでもらった方がいいんじゃねえかい」

と、卑しい笑いをお文に向ける。

「うるせえ！　とっとと失《う》せやがれ、この薄汚《うすぎたね》え馬鹿野郎が！」

貴三郎が遂に怒りを爆発させた。

「何だと……、手前《てめえ》、いい気になりやがったら痛《いて》え目を見るぜ」

熊吉が仲間に目配せをしてにじり寄った。

新入りには構うなと言われていた熊吉と吉松であるが、権兵衛の身内では兄貴格で、口入屋の両番頭である二人は弟分達の手前、見過ごしにはできなかった。

普請場でも生意気な目を向けてきたこんな若造になめられていては、男の面目《めんぼく》が立たないのである。

「だったら痛え目に遭わしてみやがれ」

貴三郎は、裏で永井勘解由が動いてくれていることを萩江に報され、元気百倍であった。言うや、熊吉を殴りつけた。

「おれはお前に金なんぞ借りていねえんだよ！」

やくざの一人や二人なら、貴三郎は相手にできる腕はあるようだ。しかし、熊吉の他に破落戸達は吉松をはじめ四人——この野郎とばかり貴三郎に殺到した。

——面倒な奴だ。

栄三郎は苦笑いをしつつ、こうなったら、ここでひとつ波紋を投げかけてみるのも悪くないかと思いたち、

「お前ら、弟に何しやがんだ！」

と、貴三郎に加勢した。

永井家奥向きで出稽古を務める身である。

こんな奴らには負けられない。できる限り、喧嘩沙汰《ざた》は避けたい栄三郎であったが、たまには実戦の機会を作るのも悪くない。

たちまち吉松の首筋に手刀をくれると、かかる一人に足払いをかけ、素早い動きで踏みつけた。

「旦那、常日頃からあんな具合に、本気を出しゃあいいのに……」

そっと様子を見に来ていた又平が人足小屋の蔭《かげ》で呟いた。破落戸達の動きと明らかに栄三郎の身のこなしは違う。

「手前ら！　無慈悲なことをしやあがると、おれ達兄弟が許さねえぞ。ようく覚えておけ」

栄三郎は貴三郎と二人であっという間に五人を叩きのめすと凄んだのである。

「やっぱり、あの人たちは、ぼさつさまのおつかいだ……。だからそう言っただろ」

和太郎は得意気にお文を見た。

だが、胸はすっとしたものの、お時の病状は思わしくない。それに、人足小屋の住人達は、大火で焼け出されて以来、絶望に慣れてしまっている。この五人が叩き伏せられた壮快さより、この後の仕返しを恐れる気持ちが先に立つ。

おれ達には関わりがないことだとばかり、ぞろぞろと普請場へ働きに出た。

「どいつもこいつも意気地《いくじ》がねえや……」

その姿を忌々《いまいま》しげに見送る貴三郎を、

「そう言ってやるな。ここの皆には負ける癖がついちまってる。それから逃れるのは大変なことなんだ。この人でなしも、ぶん殴ったくれえで性根《しようね》は変わらねえ。気をつけることだ」

栄三郎は凛《りん》とした声で宥《なだ》めた。

貴三郎はしっかりと頷いた。その目には栄三郎への敬愛の念が籠もっている。

栄三郎、ふっと人足小屋の蔭で様子を窺う又平と目が合った。

こちらはすでに以心伝心《いしんでんしん》——目で言葉を交わすと又平は走り去った。

六

「畜生《ちくしょう》……。あの野郎め、このままにしてはおかねえぞ」

「あの新入りが、あんなに腕っ節の強《つえ》え奴だったとはな」

「とにかく今日のところは何も言わずに普請を続けたが、明日の朝には親方が人数を揃えてきてくれるはずだ。痛《いて》え目に遭わせてやる」

「だがよう熊吉、奴らはお偉《えれ》え人のところから頼まれて来ているんだろう。後で面倒なことにはならねえか」

「偉えお人ったって、旗本の家来からの話だ。どうってことはねえや」

「まあ、そりゃあ……」

「こっちにだって後ろ楯《だて》はあるんだ。吉松、怖気《おじけ》づくんじゃねえや」


その日も暮れた。

人足達の動きを見張るために設《しつら》えられた普請場の詰所では、権兵衛の乾分・熊吉と吉松が酒に苛立ちを紛らわしつつ、朝に思わぬ反撃を喰らい、叩きのめされた栄三と貴三という新入り二人をどうしてやろうかと相談していた。

部屋の隅には弟分が一人いて、煙管を使っている。

詰所は普請場の一隅に建てられた粗末な小屋で、外には柵《さく》が巡らされてある。その柵と小屋の隙間《すきま》に潜んで頬被《ほおかむ》りをした若い男が詰所の内の話を盗み聞いていることを、酒に神経が緩《ゆる》んだ破落戸達はまるで気づいていない。

板壁の節穴から、淡い光と共に吐き出される煙草の煙を眺めながら、

――よし、もっと調子に乗れ……。

調子に乗ってぼろを出すがいいと願っている若い男は椎名貴三郎である。

今朝のことで必ず熊吉達は何かを企《たくら》むであろう。それが秋月栄三郎の狙いであった。栄三郎はここへ来てから、夜になれば闇に紛れて小屋に取りつき、奴らの動きを探っていたのだが、今日はその仕事を貴三郎が買って出たのである。少し心配ではあったが、

「おれが行ってきましょう」

貴三郎の表情は生き生きとしていたし、栄三郎への言葉遣いも変わってきていた。そのやる気を折りたくはなかった。

そして栄三郎は病に倒れたお時を見舞ってやり、献身的な看病で気が滅入ってしまっている娘のお文に、

「外の風に当たっておいで……」

と、優しい声をかけてやったのである。

だが遠くに行ってはいけないと注意されながらお文は、何かに憑《つ》かれたように、いつしか普請場の詰所へ向かって歩いていた。

――何をしているんだ。

これを詰所の蔭から認めた貴三郎は、慌《あわ》てて気配を殺してお文に近付き、口を押さえると傍らの草叢《くさむら》に引き入れた。

「あんな奴らの所へ行ってどうしようというのだ……」

驚きに硬直したお文であったが、それが貴三郎であることを知り、我に返ってすすり泣いた。

「おっ母さんと和太郎に、楽な暮らしをさせてあげたくて……」

消え入るような声で言ったお文の言葉に、貴三郎は娘が身を売る決意をしたことに気づいて、激しく頭を振った。

「おかしな考えを起こすでない」

「でも、わたしのできることといったら……」

「お前が辛い思いをして、二人が喜ぶはずがない。おれは菩薩の遣いだよ。信じてくれ……」

お文はこっくりと頷いて、貴三郎に手を合わせた。星影に見上げる貴三郎の顔はお文にとって神々《こうごう》しく、自分を見上げるお文の顔には貴三郎にとって一点の汚れも許されぬ精巧にして壊れやすい細工物のような、純な輝きがあった。

この娘は自分と同じ歳でこれほどまでに生きることの苦しみに晒《さら》されている
――町場で見かけて汚らわしいと嫌悪した夜鷹《よたか》にも、そんな境遇に陥《おちい》る理由があったことを貴三郎は思い知らされた。

――もう誰も蔑《さげす》むまい。

その想いが激しく貴三郎の胸を鼓舞した。

詰所の方から下卑《げび》た笑いが聞こえてきた。

「すぐに小屋へ戻るのだ……」

声を潜めてお文を諭し、貴三郎は夜陰《やいん》に紛れて再び詰所に取り付き耳を澄ました。

お文は草叢の中、しばし泣きながら貴三郎の姿をつくづくと見た。

その時、貴三郎の耳に聞き捨てならぬ言葉が聞こえてきたのである。

「熊吉、おれは今ふっと思ったんだが、この前みてえに、奴らを材木の下敷きにしてやるってのはどうだ……」

低い声で言ったつもりでも、貴三郎の耳にははっきりと聞こえた。

「若造をちょいとおだてて夜に呼び出しゃあ、何てこともねえだろう」

吉松は続けた。熊吉のせせら笑う声がその声に被《かぶ》る……。

「まず親方に相談するしかあるめえ。春吉と同じ手を二度使うのはどうかと思うが……」

――春吉。

遂に尻尾を出しやがったと、貴三郎は身震いした。

「おう、酒が切れたぜ。お前、ひとっ走り頼まあ……」

煙管を使っていた一人が小屋を出た。身を潜めてこれをやり過ごすと詰所の中は二人――貴三郎はお文と今交わした約束に気が逸《はや》っていた。

強いと思っていたら、意外や口ほどにもなかった二人である。気がつけば貴三郎は中へととびこんでいた。

「お前らが春吉を殺したのか！　この野郎……」

俄に現われた貴三郎に、熊吉と吉松は腰を抜かさんばかりに驚いて呆然《ぼうぜん》とした。

「さあ言え、言わぬか！」

貴三郎は激しい勢いで熊吉を殴りつけ、吉松を締《し》めあげた。

「勘弁してくれ……」

吉松は呻《うめ》いた。

「いいから言え！　材木が崩れ落ちたのは、お前らが春吉を呼び出してそこへ落としたんだな」

「あれは、おれのせいじゃねえんだ……」

「言わぬか……！」

しかし、馬乗りになって吉松を殴りつけていた貴三郎が俄にその場に昏倒《こんとう》した。いつしか背後に現われた男に棒切れで殴られたのである。

「熊吉、吉松、ざまあねえな」

野太い声が小屋に響いた。

「先生……」

熊吉と吉松はニヤリと笑った。野太い声の主は屈強なる浪人で、他に三人ばかり引き連れていた。こ奴が口入屋の権兵衛の用心棒であることは明らかである。

「親方は明日さらに人数を集めてここへ来るとのことだが、お前達だけでは心細かろうとおれを先に遣わされたというわけだ」

用心棒の出現に俄然息を吹き返した熊吉と吉松は、ぐったりとした貴三郎を踏みつけて、

「この野郎、このまま縛りつけて、大川へ放りこんでやるか……」

と息まいたが、用心棒は少し思慮深い。

「待て、こ奴はいずれかの回し者に違いない。ここから運び出し、痛めつけた上でそいつを吐かせるのだ」

と、一同を見回した。

「さすがは先生だ。もう一人の栄三って野郎も何とかしねえとな」

「おれがここへ連れてきてやる」

用心棒は貴三郎を質《しち》にとった証《あかし》に、その衣服をはがし、それを手に人足小屋へと向かった。

熊吉と吉松は裸に剝《む》いた貴三郎をいたぶりながら荒縄で縛りつけて、薄《うっす》らと意識が戻りだした貴三郎に勝ち誇ったように言った。

「お前だけに教えてやるぜ……。春吉は普請方の御役人がご検分においでになった時誤って落とした帳簿を拾って、御親切にも届けに来たんだよ」

「奴が帳簿の中身を見たかどうかは知らねえが、疑わしい奴は消しちまうのに限るからよう……」

貴三郎は鼻で笑った。

「お前らは馬鹿だ。どうしようもない馬鹿だ」

「何だとこの野郎……」

熊吉はまたひとつ蹴りを喰らわせた。それでも貴三郎は怯《ひる》まない。

「そんな話をおれにしてどうするんだ」

「どうせお前は生かしちゃあおけねえから、冥途《めいど》の土産《みやげ》に話してやったんだよう」

吉松が憎々しげに言った。

「ふッ、ふッ、どうせ殺されるなら、おれはお前らが聞きたいことを、何も言わねえからそのつもりでいやがれ……」

熊吉と吉松は喋《しゃべ》り過ぎた。用心棒に叱られると、間抜け面を見合って歯噛みした。

「ば、馬鹿野郎、お前が喋らねえなら、お前の兄貴の体に訊《き》いてやらあ……」

それでも強がる熊吉に、

「栄三の兄ィがお前らに捕まるかよ……」

笑う貴三郎を、今度は吉松が踏みつけた。

「うちの先生が遅れをとると思っているのかい。そうら、帰ってきなすったぜ。ヘッ、ヘッ……」

ちょうど外に人の足音が近づいて来るのが聞こえた。

小屋の内の乾分共は一斉《いっせい》に出入り口の戸を開けて、帰って来るはずの用心棒を迎えたが、そこには違う浪人が栄三郎を伴い立っていた。

その浪人は巌《いわお》のような大柄の体で、手に縄を握っている。そして、縄の先には、顔面を腫《は》らして歩くのも覚束《おぼつか》ぬ件の用心棒が括《くく》られていた。

この浪人は、又平からの報せを受けて人足小屋に密かに待機していた秋月栄三郎の剣友・松田新兵衛であった。

「お前の弟は質にとった。おとなしくついて来い……」

うだうだと言うなら殴りつけて栄三郎を連れて来るはずが、哀れにもこの用心棒は、新兵衛によって何度も空を飛び、地面に叩きつけられ、このざまとなったのだ。

小屋の内の者共は声も出ない。

「お前らにはあれこれ聞きたいことがある。喋らねばこうなる」

途端、新兵衛の腰間から、きらりと白刃《はくじん》が煌《きら》めいたかと思うと、次の瞬間、詰所の内に置かれてあった鞍掛《くらかけ》が真っ二つになって、右と左に倒れた――。


その翌朝。

そのような動きがあったことなど露《つゆ》知らず、口入屋の権兵衛は、俄にかき集めた用心棒に助っ人、二十人ばかりを率《ひき》いて普請場に乗り込んできた。

たとえ、永井家の用人のつてで入ってきた人足二人を事故死に見せかけ始末したとしても、利権を守る腹であった。

御救普請が終わるまであと二月《ふたつき》ほどのことである。何としても表面上はつつがなく終わらせねばならなかった。

こういう時は、圧倒的な勢いでその場を収めてしまうに限る。大事なことは、骨抜きにしてしまった人足達が団結して歯向かうことがないように、連中の度肝《どぎも》を抜くことだと権兵衛は思っている。

ところが、普請場に着くとどうも辺りがひっそりとしている。

詰所には昨夜、用心棒に若いのを付けて送り込んである。人足小屋の連中を並ばせておけと言ったはずなのであるが——。

「おい！　熊吉、吉松……。何をしてやがるんだ！」

詰所へ向かって叫ぶ権兵衛の前に、詰所の小屋の内から次々と、縄目を受けて上半身を固められた熊吉、吉松、あろうことか用心棒までよろよろと出て来て膝《ひざ》をついた。

「な、何でえこれは……」

ふと見ると、人足小屋からぞろぞろと人足とその身内が出て来るではないか。しかも人足達を率いているのは、馬上の武士で、大勢の武士が付き従っている。

馬上の武士は、逆に圧倒されて呆然とする権兵衛の前へと駒を進めて、威厳を湛えてぐっと見下ろした。

「直参《じきさん》旗本・永井勘解由である！　この普請場に哀れなる者が数多《あまた》いる、助けよと、天からの仰《おお》せに従いこれへ参った。それなる者共から己らの悪事の数々を確《しか》と聞いたぞ。この不埒者めらが、恥を知れ！　追ってお上から厳しき沙汰が下るものと心得よ。まずはそれへ直れ、直らぬにおいては当家の武門の意地にかけ、一人余さずこれにて討ち捨てん！」

そして高らかに言い放つと、槍持《やりも》ちから家重代《いえじゆうだい》の大身《おおみ》槍を受け取り穂鞘《ほざや》を放ち、馬上これをかざして見せた。

同時に永井家用人・深尾又五郎以下、家中の士達が、剣術指南・松田新兵衛によって鍛《きた》えられた剣の腕を見せてくれんと一斉に抜刀した。

権兵衛の背後からは、秋月栄三郎が松田新兵衛、椎名貴三郎と共に詰所から出て身構えた。栄三郎、貴三郎はすでに武士の姿に戻っている。

権兵衛の顔から血の気が引いた——。

「お、おみそれ致しやした……」

破落戸達は次々に地に額をこすりつけたのである。

「貴三郎、頭に凧をぶつけられた甲斐があったな」

勘解由は満面の笑みを浮かべて、貴三郎を見た。つい数日前までとは打って変わって好い面構《つらがま》えである。

貴三郎は、つつっと前へと出て勘解由の馬前に平伏した。

「伯父上……。貴三郎が間違《まちご》うておりました……。妾腹の彀潰しと、心ない陰口を恨《うら》むあまりに、ことごとく人の意見に耳を貸さず、小癪なもの言いばかりをしておりました……。この何日もの間、貴三郎は人の情けを知り、生まれ変わりましてござりまする。無礼の数々、何卒《なにとぞ》お許しくださりませ……」

貴三郎は誰憚《はばか》ることなくその場で涙した。

「貴三郎、その涙を忘れるなよ。これでそちも立派な大人じゃ」

勘解由はしてやったりの表情で、すっかりと成長した貴三郎を誉めてやると、栄三郎に大きく頷いた。

この場で口には出さねど、何もかもがおぬしのお蔭だと、彫りの深い端整な顔が告げている。

大きな仕事をこなせて、栄三郎の口からほっと息が洩《も》れた。


口入屋の権兵衛一味は、春吉殺害の一件を町方役人にすっかりと白状した。

それと同時に公儀から、普請下奉行・広西丹左衛門、並びに広西に加担した勘定方の役人への取り調べが始まった。

いずれも厳しき沙汰が下ることは間違いなかった。

普請場で暮らす者達の生活は改善され、〝ぼさつさま　ありがとうございました〟と書かれた奴凧が今は勢いよく天高く舞っているという。

椎名貴三郎は、正式に永井勘解由の家来として仕えることになった。いずれ、どこかの家の養子となれるよう奔走《ほんそう》してやるつもりの勘解由であったが、貴三郎はこの先永井家に仕える方が生きる甲斐があると言って椎名の家に戻ることはなかった。その挨拶《あいさつ》を父と養母にする折は、真に折目正しき若武者ぶりで、周囲の者を驚かせたという。

そして――。

月に二度の永井家奥向きの武芸場における稽古の熱は日毎《ひごと》に高まった。

五年前に体調を崩し致仕した当主・永井勘解由が、屋敷内に舞い込んだ不良少年と奴凧のお蔭ですっかりと元気を取り戻し、悪人退治に自ら乗り出したことが、何よりも家中の者に刺激と興奮を与えたのである。

しかし、指南をする秋月栄三郎はどうも要領を得ない。

奥女中達の真ん中に立って、長物を取っても、小太刀《こだち》を取っても、なかなか素晴らしい筋のよさを見せる萩江がやはり気になるのだ。

「先日ははしたない事を致しました。お恥ずかしゅうござりまする……」

ほとんど交わす言葉とてないが、二度目の稽古の折に、萩江は囁くように告げると、ほんのり頬を染めた。

それが普請場の人足小屋を萩江が訪ねてきた時のことであるのはわかっている

のだが、あの折、仮初《かりそめ》にしろ二人は夫婦を演じた。

その思い出を恥じらいつつも懐かしむ、一瞬の萩江の表情が頭から離れず、出稽古からの帰り道――己が剣の道は甚《はなは》だ遠し、悟りはいつ開かれんと、大団円を迎えた奴凧の一件にもどこかすっきりとせずに、栄三郎は晴れ渡る秋の空を何度も見上げては溜息《ためいき》をついた。

第二話

妻恋日記

一

その日、秋月栄三郎は遅めの夕餉《ゆうげ》を〝そめじ〟でとった。

京橋東詰にあるこの行きつけの居酒屋には三日にあげず通っているが、そういえばこのところ一人でふらりと入ることはなかったような気がする。

今日、又平は駒吉と、渡り中間《ちゆうげん》をしていた頃の昔馴染《なじ》みに会うとかで、夕方から出かけていた。

「何だい、もう少し早く来ればよかったのに……」

屋号を白で染め抜いた紺暖簾《こんのれん》を潜《くぐ》ると、一人の栄三郎を見て女将《おかみ》のお染《そめ》が遠慮のない声をかけた。

「おれに会いてえっていう好《い》い女でもいたかい」

栄三郎はいつもの軽口を叩《たた》いて、定席《じようせき》の小上がりに腰を下ろした。店には他に客はいなかった。常連ぶって声高《こわだか》に口を利《き》くのは酒場での流儀に反するが、二人きりとなればこちらの方も遠慮はいらない。

「おあいにくだね。女じゃなくて御隠居だよ。ちょっと前まで八丁堀《はつちようぼり》の旦那《だんな》だったっていう……」

「八丁堀の御隠居……。ああ、都筑《つづき》さんだな」

「都筑っていうのかい。きれいな白髪《しらが》頭で、昔はさぞかし女を泣かせたんじゃないかっていう……」

「それならやっぱり都筑さんだ。そうかい、ここへ来ていたのかい」

「栄三殿からこの店のことを聞いて来たって言っていたよ」

もうすぐしたら栄三さんが来るのではないかと言ったのだが、好い店だとわかったのでまた来ると言って帰ったらしい。

「あんまり遅くまで呑《の》んでいると、堅物《かたぶつ》の倅《せがれ》にうるせえことを言われるんだろうよ」

「そいつはお気の毒だね。初めて見る顔だけど、このところつるんでいるのかい……」

お染は大ぶりの椀《わん》にたっぷりと〝けんちん汁〟をよそってきて、ちろりの酒を注《つ》ぎながら問うた。

「つるんでいるってわけじゃねえが、やけに気に入られちまってな」

「子供から年寄りまで、栄三さんはよくもてるからねえ……」

「ははは、からかうんじゃねえよ……」

ほどよく燗《かん》のついた酒と、熱いけんちん汁――紅葉《もみじ》が色づき始めたこの時分には、この取り合わせがこたえられなくなってきている。

一杯酒を引っかけて、豆腐に牛蒡《ごぼう》、人参《にんじん》、大根……汁の具を胃の腑《ふ》に入れて体を落ち着かせると、

「どうも、役人なんてものはつまらねえ……」

栄三郎は久しぶりにお染と差し向かいで、入れ違いに帰っていったという八丁堀の隠居に思いをはせた。

栄三郎が都筑助左衛門《すけざえもん》という老武士と出会ったのは二月《ふたつき》ほど前のことである。

「おう、頑固親爺《がんこおやじ》、達者そうでほっとしたぜ……」

京橋鈴木《すずき》町に住む煙管師《きせるし》・鉄五郎《てつごろう》の姿を、その仕事場の表に見かけ、栄三郎はいつものように声をかけた。

その日は、日本橋通南三丁目に新居を構えた松田新兵衛を訪ねた帰りであった。

鉄五郎は頑固極《きわ》まりない男であったが、娘のおしのが親友の忘れ形見《がたみ》の羅宇《らう》師《し》・義太郎《よしたろう》と所帯を持ち、家の真裏に暮らし始め、待望の孫が先頃生まれてから

は、人が変わったように温和な好々爺《こうこうや》ぶりを見せていた。

随分《ずいぶん》と頬笑《ほほえ》ましいことではあるが、やはり鉄五郎は頑固でなくてはおもしろくない。

それを忘れさせないためにも、栄三郎は時折鉄五郎を訪ねては、

「頑固親爺……」

と、声をかけるのである。

鉄五郎はそれが嬉しいらしく、栄三郎の姿を見るとことさらに頑固親爺の風を装い、ねじり鉢巻で表の床几《しょうぎ》に腰をかけ、

「何でえ旦那かよう。またおれの仕事の邪魔をしに来やがったな……」

といつもの調子で返すのだが、そこへ現われたのが都筑であった。

助左衛門は年が明けると五十六になる。

去年、長年務めた南町奉行所での廻《まわ》り方《かた》同心の御役を息子の慶二郎《けいじろう》に譲り、自らは隠居の身となった。

鉄五郎がまだ若い頃、都筑助左衛門は颯爽《さっそう》として粋《いき》な八丁堀の旦那で、なかなかに暴れ者であった鉄五郎はよく世話になったという。

隠居をして暇《ひま》を持てあますようになって、助左衛門は表の床几に腰かけて煙管

を使う鉄五郎を見かけて、頻繁《ひんぱん》に訪ねてくるようになった。

別段、何を話すわけでもないのだが、並んで腰をおろし、少しの間、煙管を燻《くゆ》らせて時を過ごすのが好い暇潰《つぶ》しになるようだ。

その日もそうで、鉄五郎によって栄三郎と引き合わされた後、長床几に三人で腰かけ、一緒に一服つけて、すぐにまた去っていった。

「栄三の旦那、あの都筑の旦那と懇意《こんい》にしてやって下せえ」

鉄五郎は都筑が去って後、栄三郎に頼んだ。

「懇意にしてやってくれ？　あの御方は隠居したとはいえ八丁堀の旦那に違《ちげ》えねえんだ。何もおれなんぞに懇意にしてもらわなくったっていいだろうよ」

今も今とて、ほとんど自分に言葉を投げかけることもなく去っていったではないかと栄三郎は言うのだが、

「隠居した役人の胸の内なんてものは折れて曲がっておりやすからね……」

同心の姿で町を歩いていた頃と違って、ただの老武士となった自分を構ってくれる者は少ない。と言って、自分の方からあれこれ人に話しかけるのも何やら情けない。

結局は、暇で話し相手が欲しくとも、却《かえ》って無口になってしまい、余計に寂《さび》し

い思いが募るのだと鉄五郎は言うのだ。

「なるほど……。さすが父つぁん、年の功だな。隠居した役人なんて、そんなものなのかもしれねえな」

栄三郎は鉄五郎の所見に大きく頷《うなず》いた。

都筑助左衛門にとっては、鉄五郎のように昔の自分を知っていて、それでいて妙な気遣《きづか》いをしない、ちょっと強面《こわもて》の親爺といる方が楽なのであろう。

「あっしの見たところじゃあ、都筑の旦那は栄三の旦那を気に入ったようだ。この先、ここで会った時や、町中で見かけた時なんぞは、旦那のいつもの調子で、気軽に声をかけてやっておくんなさいな」

「わかったよ、そんなことならおやすい御用だ。父つぁんにはこいつの義理があるからな」

と、栄三郎は己《おの》が煙管をかざしてみせた。金の部分は真鍮《しんちゅう》製で、笹の葉が散らされていて、羅宇がまだら竹の逸品《いっぴん》は、名人・鉄五郎が作ってくれた物であった。

「ヘッ、そんな物、義理に思わなくったって結構でごぜえやすよ」

鉄五郎はふっと笑った。

元はといえば、一時《いっとき》、頑固が高じて煙管作りをやめてしまった鉄五郎に、何とかして再び煙管を作ってもらえるように働きかけてくれないかと、田辺屋宗右衛門に頼まれて、栄三郎は鉄五郎と会い、今に至っている。

その時栄三郎は、鉄五郎が煙管師をやめてしまった理由である娘夫婦との確執を真《まこと》によい具合に解いてやった。

「お蔭《かげ》であっしは、娘夫婦と表と裏の背中合わせで暮らせる上に、毎日のように孫を抱くこともできる。おまけにそんな歳《とし》になったというのに、未《いま》だに憎まれ口を叩きながら、煙管を作ってありがたがられる。栄三の旦那には足を向けて寝られねえくれえだ」

鉄五郎はしみじみとして言った。

「よせよう父つぁん。あれこれ人に節介焼くのがおれの仕事なのさ」

栄三郎は照れ笑いを浮かべたが、鉄五郎の気持ちはよくわかる。

話によると、都筑助左衛門は今、隠居の身の上ですることもなく、息子からは隠居の身は隠居らしく外出などはできるだけ慎み、かつての同僚などにあまり差し出口を利《き》かぬように、恨みに思われるのは自分なのであるからと、あれこれ釘《くぎ》をさされているらしい。

それが八丁堀の隠居にはさのみ珍しいことではないのだろうが、都筑を見ていると自分の幸せを思い知らされるし、かつて世話になった旦那だけに、ちょっとは慰《なぐさ》めてやりたい気がするのだろう。

「といっても、あっしはご覧の通りの、お世辞のひとつうまく言えねえ男でございますからねえ」

助左衛門の心情が同じ年頃の男として何とはなしにわかるだけに、かつての八丁堀の旦那の心に潤《うるお》いを与えてやりたくて仕方がないのだ。

「父つぁんにそんな仏心が生まれたとは驚きだ。手前が仏になる日が近《ちけ》えんじゃねえのかい」

「何言ってやがるんでえ。この鉄五郎を甘く見ちゃあいけねえや。仏になったら毎晩化けて出てやるから、熱燗《あついの》をつけて待っててくんな」

その場は互いに憎まれ口を叩いて別れたが、それから栄三郎は都筑助左衛門を見かける度《たび》に、あの頑固者の鉄五郎の心を解きほぐした人あたりの好さで話しかけ、交誼《こうぎ》を重ねるようになったのだ。

「今ではすっかりと、栄三さんにたらされちまったってわけかい」

お染は栄三郎の話を聞くとニヤリと笑った。

「人聞きの悪いことを言うんじゃねえよ。鉄五郎の父つぁんからの頼まれ事なら快《こころよ》く引き受けるしかねえだろう」

「栄三さんは優しいからねえ」

「あれこれ話すうちに、おれはおれで何だか放っておけなくなったのさ」

〝そめじ〟の常連でもある、南町奉行所定町《じょうまち》廻り同心・前原弥十郎《まえはらやじゅうろう》に聞いたところでは、助左衛門の妻・鈴《すず》は、助左衛門が隠居をしてからすぐに亡くなったという。

仕事にかまけてまるで妻のことなど顧《かえり》みなかった助左衛門にとっては、これから先はあれこれ世のことなど語らい、余生を共に過ごそうと思っていただけに、その心痛はなまなかのものではなかったようだ。

前原弥十郎曰《いわ》く、

「まあそれで退屈でしょうがねえんだろうな。町で廻り方の同心を捉《とら》えてはあれこれと説教めいたことを言って蘊蓄《うんちく》を語るから、こっちは少しばかり迷惑をしているのさ」

お前が人のことを偉そうに言えるのかと思いながらも、人生の晩年に立って、今まで続けてきた職もなく、振り向くべき妻もなく、己が勤めの心の支えにしてきた我が子はすでに独り立ちしてわかったような顔となり、親である自分をあれこれ縛りつけるようになる。

「何やら寂しいじゃねえか……」

栄三はお染に酒を注いでやりながら言った。

「さあ、どうだろうねえ」

お染は素《そ》っ気《け》ない返事をした。

「やけにつれねえな。この先〝そめじ〟の常連になろうって客によう」

「しけたおやじに来てもらったって仕方がないさ。そもそもかわいそうなのは、死んじまった御新造《ごしんぞ》さんの方じゃないか」

「まあ、そりゃあ……」

「男ってものはさあ、世のため、人のため、女房、子供のためにおれは働いてきた……なんて大見得《おおみえ》を切るけれど、だからどうだってんだよ。男一生の仕事だと得心して過ごしてきたんじゃなかったのかい」

「都筑さんは何もそんなことを今さら言いたてているわけじゃあねえ」

「でも心の内ではそう思ってるんじゃないかって。男同士の思いやりかい」

「そういうことだ。男ってえのは弱《よえ》えもんだ。口には出さねえが、心の内はいつも泣き叫んでいて、優しい言葉を誰かがかけてくれるのを心密《ひそ》かに待っているもんだ」

「そんな風に思っているなら、暇になってからじゃあなくて、もっと前から女房に声をかけてやりゃあよかったんだよ」

都筑助左衛門とて仕事にかこつけて、随分と好き勝手をして生きてきたのに違いない。それがいけないことだとは思わない。男にそういう隙間《すきま》があるからこそ盛り場は生まれ、元は深川辰巳《ふかがわたつみ》の売れっ子芸者であったお染とて、その恩恵を受けて生きてこられたのであるから。

「だから、都筑の旦那はかわいそうな人でも、哀れな人でもないんだよ。働いても働いても貧乏で、何の楽しみもないまま死んでいく者だってごまんといるのに。隠居なんて結構なご身分じゃないか」

八丁堀の隠居に構ってやるのは好いが、お染が見たところ、都筑助左衛門は決して不幸な年寄りではない。

「思い入れはほどほどにするんだね」

これには栄三郎、一言もなかった。

十ほども歳下のお染であるが、さすがに芸者・染次《そめじ》の頃は一流の旦那衆や武士達の生き様を横目で見てきている。

「参った……」

栄三郎は素直に頭を下げた。

「お前はやっぱり大した女だ。ようッ、染次姐《ねえ》さん！」

「わかっていりゃあいいんだよ……」

お染は照れ隠しにふっと笑った。いつものごとく、その表情には艶《つや》やかで少年のような愛らしさが見え隠れしている。

「何だか今日は気分がいいと思ったら、そうだ、又公《またこう》がいないんだ。まったく馬鹿がいないと、お酒もおいしいねえ……」

二

「父上、前原弥十郎殿に何か申されましたか」

八丁堀の組屋敷で、朝の出仕を前に、都筑慶二郎が隠居部屋に父を訪ねて問うた。

「何を申したかだと。さて、あの固太りに何ぞ言葉をかけたかのう」

助左衛門は空惚《そらとぼ》けてみせるが、

「もう少し、町場のやくざ者共をきっちりと取り締まらねばならぬ……。そう申されたとか」

間髪《かんはつ》を容《い》れずに慶二郎は詰《なじ》るように言った。

「知っておるのなら問うこともあるまい」

助左衛門はむっつりとして息子から目をそらした。

子供の頃は少し叱《しか》ると目に涙をいっぱいに浮かべて、硬直した姿勢のまま許しを請《こ》うた慶二郎が、いつからこんな分別《ふんべつ》くさい表情で自分にものを言うようになったのか……。

だが、それも親として喜ばねばならぬことかもしれぬ、という感慨《かんがい》を抱く間も与えてもらえずに、

「父上が御指示なさらずとも、役所の方ではあれこれと考えておりますゆえ、どうか御安心召されませい」

「わかった……。このところ、やくざ者同士が町で縄張りを争うているという噂《うわさ》を聞いた。それで尋ねてみただけなのだ」

「何かお気になられたことがございましたら、この慶二郎にお尋ね下さりませ」

しかつめらしくそう言うと、慶二郎は立ち上がった。

「時に、慶二郎……」

助左衛門はそれを呼び止めて、

「朝湯には行っておるのか」

声を潜《ひそ》めてニヤリと笑った。

八丁堀の与力と同心には、銭湯の女湯に朝のうち入れる特権があった。

〝女湯に刀掛《かたなかけ》〟という八丁堀七不思議のひとつはそれゆえのものだが、助左衛門も現役の頃は毎日馴染みの湯屋へまず行ったものだ。

坂本町《さかもと》の湯に浸《つか》っていると、この辺には芸者が多く住んでいて、仕事柄朝に前夜の汗を流しに来るから、毎朝のごとく目の保養となり、そこからちょっと好い間柄になった芸者も何人いたことかわからない。

父子ではあるが男同士、いつか声を潜めてニヤリと笑い合う姿を夢想していた助左衛門であったのだが、

「朝湯などには行っておりませぬ」

慶二郎の返事はまるで愛想《あいそ》がなく、言った助左衛門の方が恥ずかしくなって黙りこくった。

そのような所に行かずとも、屋敷には内湯があるし、馴染みの湯屋などつくると心付けのひとつも渡さねばならない。

まだ貰《もら》ったばかりの妻は吝嗇《りんしょく》でなかなかに気が強く、その悋気《りんき》の炎《ほむら》は絶える間がない。嫁の尻に敷かれている息子にとっては、朝の女湯など百害あって一利なしというところなのであろう。

――まことにおもしろくない奴《やつ》だ。

出仕する慶二郎を見送りながら、助左衛門は嘆息《たんそく》した。

そんなことで市井《しせい》の人情に深く入りこむ定町廻り同心など務まるものかと、息子のことゆえ気にしつつも、そういう遊び心や洒落《しゃれ》っ気《け》など犬の餌《えさ》にもならぬと今の若い奴らは思っているのかもしれぬという諦《あきら》めに、冗談を言うのも億劫《おっくう》になるのである。

「まったく今時の若い奴らは……。あなたもいよいよその言葉を口走るお歳になったのでございますね……」

ふふッと笑う、亡妻・鈴の声がどこからか聞こえてきた。

鈴がそう言ってふふッと笑った時から、そろそろ隠居するかと思い始めた助左衛門であった。

——おれは慶二郎よりもはるかに極道者《ごくどうもの》であったが、鈴、お前は慶二郎の嫁などよりはるかに明るくて、恨み事のひとつ言わなんだな。今思えば、息子の育て方も嫁の選び方も違《たが》えたかもしれぬ。だが、その責はお前にもあるのにさっさと一人死んでしまうなど、まったくお前はひどいことをする……。

心の声で亡妻の笑いに応《こた》えた助左衛門は、二月堂机《にがつどうづくえ》の上に置かれた文箱《ふばこ》をじっと見た。

その中には数冊の書物が入っている。

それは亡妻・鈴が生前書き遺《のこ》した日記であった。

思いもかけぬ妻の早世に際し、遺品の中から見つかったものであるが、読んでみるとそこには衝撃的なことが認《したた》められてあり、何やら居ても立ってもいられずに、昨日はふらふらと京橋東詰にある〝そめじ〟という居酒屋へ出かけてしまった。

店には、秋月栄三郎というちょっとおもしろい男が、常連で毎日のように来ているらしい。

——会えるかもしれない。

会って栄三郎と他愛《たわい》ない話をしたい。

慶二郎なんぞと違ってあの男なら他愛もない話に付き合ってくれるであろうし、そこから色々な話が広がっていくような気がした。

だが、えてしてこういう時は会いたい人には会えないものだ。

男勝《まさ》りで歯切れの好い女将に会えて少しは心も晴れたが、今日になっても妻の日記のことが頭を離れず、慶二郎に朝湯の話でもして気を紛《まぎ》らそうとしたが、結局は気が紛れるどころか、ますます己が寂しさに拍車がかかった。

妻の日記に書かれてあった衝撃的なこととは、助左衛門と夫婦になる前の、読みようによっては頬笑ましくほのぼのとした、娘の頃の鈴が偲《しの》ばれる逸話のひとつである。

だが、今となり、在りし日の鈴を想ってこれを読むと何とも切なくなって、泣けてきて仕方がないのだ。

親が決めた縁談を受けて、望むも望まれるもなく夫婦となって長の歳月《としつき》——自分の傍《そば》からいなくなって初めてわかったのだ。

鈴が自分にとってのよるべであったことを。

その死んだ鈴の供養のためにも、亡妻の若き日の物語の結末を見届けるべきではないか——。

やはり昨日は〝そめじ〟の女将に引き止められるがままに店にいて、秋月栄三郎に会うべきであった。

——とにかく出かけよう。

今や息子のものとなったこの屋敷にいるのは気づまりだ。

身繕《みづくろ》いをした時であった。

息子の嫁が何とも素っ気ない口調で来客を告げた。

「気楽流剣術指南・秋月栄三郎と申される御方にございますが……」

半刻《とき》（一時間）ばかりの後。

栄三郎と助左衛門は、湊稲荷社《みなといなりしや》の南向かいにある料理屋で一献かたむけていた。

海が見渡せる小座敷は二方が廊下に面した角部屋《かど》で、ゆったりと物語りなどするに相応《ふさわ》しい。

正午にはまだ間がある時分だが、栄三郎の方も今日は手習いが休みで、手長海老《てながえび》の塩焼きだとか蕎麦掻《そばが》きなどつまみながら潮《しお》の香を胸いっぱいに吸い込むと、何とも幸せな心地《ここち》となった。

昨日は〝そめじ〟に行ったもののすれ違いになってしまったとのことで、何か自分に用があったのではなかったかと、八丁堀の組屋敷からここまでの道中、栄三郎は助左衛門に尋ねた。

「それは忝《かたじけな》かった……」

そういう細かな気遣いができるからこそ、〝取次屋〟なる看板をあげていられるのであろうと感心しながら、今日はこの男にすべてを打ち明け、あれこれ話を聞いてもらおう——そう心に決めると、何とも穏《おだ》やかな心もちになり、助左衛門の口からあれこれ世間話がとび出した。

栄三郎は、落ち着いたところでじっくりと話したいことがあるのであろうと推察して、まず助左衛門の心の内を和《なご》まそうと、この世間話にいちいち相槌《あいづち》を打ったのである。

「さて、前置きが長過ぎましたな。隠居をしてから、無駄口が増えて困る……」

頃や好しと助左衛門が本題に入る頃には、ぽかぽかとした陽気が強まっていた。

「栄三殿のことだ。わたしが去年、妻を亡くしたことは知っていましょうな」

「はい、都筑さんの噂話をしていた時に聞きました」

「わたしの噂話を……。それは嬉しい。町方に誰か親しい人でも？」

「親しくはありませんが、前原弥十郎という旦那が、あれこれとわたしを捉えて話してくるものですから」

「前原弥十郎……。ふッ、ふッ、あの丸顔の固太りか」

「はい、丸顔の固太りです」

「悪い奴ではないが、あまり付き合いたくはない男だな」

「はい。面倒臭い男です」

二人は愉快に笑った。

意外なところで前原弥十郎、人を和ませてくれるものだ。

「御新造様のことは残念でございました。わたしもお目にかかってみたかったものです」

「鈴も栄三殿にならすぐに打ちとけたに違いない。本当に残念だ……」

「鈴様のことで何かわたしに話したいことがあったのですね」

栄三郎に問われて、助左衛門は苦笑して、

「これはまた無駄口を叩いた……。鈴のことで、栄三殿に取り次いでもらいたいことがある」

「はて……。お亡くなりになられた御新造様のことで？」

小首を傾《かし》げる栄三郎を、助左衛門は恥ずかしそうに見た。

「近頃になって鈴が生前書き遺した日記が見つかりましてな」

「何かおもしろいことが書かれておりましたか」

「いかにも、随分とおもしろいことが書いてあった」

「ほう……」

「鈴には、この助左衛門よりも他に一緒になりたかった男がいたようだ」

その日記は、亡妻・鈴が十三の頃から十九で助左衛門に嫁《とつ》ぐ半年前までの間のことを書いたもので、娘の頃の鈴の快活な様子が偲ばれて、なかなかにおもしろいものであった。

隠居の身にはありがたい暇潰しとなったのだが、やがて日記には〝直太郎《なおたろう》〟なる男の名が多く見受けられるようになった。

その内容から推察するに、直太郎という男は町の者で、同じ裁縫の師匠に習う、お香代《かよ》という娘の兄であると思われる。

鈴は南町奉行所吟味方《ぎんみかた》同心・古市嘉左衛門《ふるいちよしざえもん》の娘として生まれ、武家の娘の習い事として、十三の折から裁縫の師匠の許《もと》に入門した。

師匠は喜久《きく》という老女で、浪人の後家であったが指導に定評があり、玉圓寺《ぎょくえんじ》の一間を借りてする稽古《けいこ》には、付近の町人の娘達も多く通ってきていたのだ。

鈴はその中のお香代と親しくなり、彼女の兄である直太郎と知り合ったのだ。

直太郎・お香代兄妹は幸《さいわい》町の扇店《おうぎ》〝野沢屋《のざわや》〟の子供で、直太郎は鈴と同い年であったお香代の二歳上であったというから、

「わたしと歳が同じというわけだ」

助左衛門はにこやかに言った。

知り合ったと言っても、雨が降り始めて妹に傘を届けに来た直太郎と一言二言、言葉を交《か》わしたとか、裁縫の帰りに道で行き合ったとか、その程度の交わりでしかない。

しかし、直太郎についての記述はどれも素っ気なく書かれているように見えて、その筆遣いは躍《おど》っている。

好きな男の名を日記に認めるなど、何ともはしたなく思うが、どうしても書かずにはいられない――それゆえにわざと何気なく書いているかのように見せているものの書く手が奮《ふる》う。

そのような若さの躍動が窺《うかが》われるのだ。

「おとなしくて万事が控え目の鈴らしい日記だと思われて、何やら頰笑ましゅうなってな……」

「ですが、その直太郎という人と一緒になりたかったと考えるのは、いささか早《はや》合点《がてん》というものではございませぬかな」

相手は町人である。しかも、扇屋の跡取り息子ではないか。

初めから一緒になるなどとは、思いもしなかったのではなかったか。

娘の頃のことである。今日起きた出来事をあれもこれも書いてみたかった――

そう考える方が自然ではないかと栄三郎は思うのである。

「わたしもそう思って読み進めてみた。それがな……」

日記帳も終わりの頃に、

〝直太郎殿、鈴を妻にせんとて、一念発起《いちねんほっき》す。嬉しゅうはあれど、まこと穏やかならぬことにて〟

と、記された一文を見つけた。

その筆遣いには喜びと困惑に、心は千々《ちぢ》に乱れたという意が含まれているように思えた。

「して、その続きは何と……」

栄三郎は思わず身を乗り出したが、

「その後、日記には直太郎なる者の名は一度も出てこぬのだ……」

「そうでしたか……」

助左衛門の答えに、肩すかしをくらったように嘆息した。

そうして、そこから一年足らずの記述を経て日記は終わっていた。

ちょうど日記が終わる頃に、助左衛門と鈴の縁談が持ちあがったと思われるのだが、直太郎への最後の記述以降の日記は、まるで文章に精彩がなく、ただ惰性《だせい》で書き続けられていたような読後感を覚えたという。

「つまり、直太郎は一念発起したものの鈴とは一緒になれず、この都筑助左衛門という、まことにふざけた男に持っていかれたというわけだ。そして、鈴はそれも身の定めと諦めて、親の決めた相手と夫婦になり、もちろん、自分を妻に望んだ男がいたことなどはおくびにも出さず、武士の妻を黙々と務めて、夫より先に死んでいったというわけだ」

助左衛門は自嘲《じちょう》するかのように吐き捨てた。

「しかし、武家の女とは皆、そのような生涯《しょうがい》を送るものです。そこに幸せを求め、死んでいくことが本望《ほんもう》なのではありませんか」

自分が鈴と夫婦になったのがいけなかったのだと言わんばかりの助左衛門を、宥《なだ》めるように栄三郎は言った。

「さて、果たして鈴は、このおれと一緒になって幸せであったのだろうか……」

「何を仰《おつしや》います……」

「栄三殿が慰めてくれるのはありがたい。だが、わたしは思うのだ。本当に鈴が好きで一緒になりたいと思っていた男がいたなら、その者には随分と申し訳ないことをしたとな」

助左衛門が鈴を妻にしたのは、親が決めた嫁をもらうという、武士の世界では当たり前の道を自分も歩んだに過ぎない。

もちろん、鈴を慈《いつく》しまなかったわけではない。一女一男を生《な》し、娘を嫁に出し、二人の間の息子は立派に家を継《つ》いだ。

日々の勤めも疎《おろそ》かにしたことはない。定町廻りの都筑助左衛門といえばなかなかのもので、商家からの盆暮れの付け届けも多く、それで人並み以上に、鈴に豊かな暮らしもさせてやれたであろう。

「だが仕事にかこつけて、わたしは随分と遊んだものだ……」

朝湯で混浴し、懇《ねんご》ろになった芸者もいた。旦那が死んだことで自由の身となった落籍《ひか》され者、料理屋の後家、水茶屋の茶立て女……。

髪を小銀杏《こいちょう》に結《ゆ》い、巻羽織に紺足袋《たび》の雪駄《せった》ばき――端整にして甘みの漂う顔立ちの粋な八丁堀同心・都筑助左衛門の行く先には絶えず女の影があった。

鈴は夫の浮名を聞き及んでいたであろうが、恨み言のひとつ口にしなかった。

そして助左衛門は許されるものだと勝手に思い込んでいた。

それだけに、もう方々《ほうぼう》で女の間を行き来するのにも疲れ、古女房のやすらぎを求め始めた頃になって鈴が死んでしまった時、助左衛門は激しい虚《むな》しさに襲われた。

最後の最後に意趣返しをされたような気がして、呆然《ぼうぜん》としてしまったのである。

「もしも鈴が、直太郎という男と一緒になっていたらどうであったろう。他所《よそ》の女には目もくれずに、鈴ばかりを慈しんだかもしれぬではないか……」

助左衛門は静かに言うと、遠く広がる青海原をじっと見つめた。

「直太郎という人は、幸町の野沢屋という扇屋の跡取りだったのでしょう」

彼は彼で、そんな昔も遠い思い出として心の片隅に追いやって、今では女房子供に囲まれながら、家業に勤《いそ》しんでいるのでしょうと栄三郎は問うた。

日記によって身許は知れているのである。助左衛門のことだ、そっと直太郎がどんな男か見に行っていると思ったのだ。

「いや、それがな、野沢屋は今は幸町にないのだ」

何気なく近隣の者に訊《き》くと、野沢屋は娘のお香代が婿養子をとったのだが、これがなかなかのやり手で、店を日本橋の本銀《ほんしろがね》町に移したのだと言う。

「そういえば本銀町に大きな扇屋がありますよ」

助左衛門も元は定町廻りの同心である。これに相槌を打ち、

「その野沢屋だ。あそこが幸町から移ってきた店だとは知らなかった」

「でも、婿養子をとったということは……」

「直太郎という息子は、どうやら勘当《かんどう》されたらしい」

「勘当……」

助左衛門は神妙に頷いた。

「わかりました。わたしへの〝取次〟の御用とは、その直太郎さんが今どうしているか、調べろということですね」

「頼まれてくれぬか。勘当した倅のことを八丁堀に住むわたしがあれこれ聞き回るのも迷惑だろうし、前に使っていた手先や御用聞きなどに気の利いた者もいな

い。これは栄三殿に頼みたいのだよ」

助左衛門は祈るような目を向けると、小粒で三両分の金子《きんす》が入った金包みを差し出した。

「これは当座の入り用に。足りなければいつでも言うて下され……」

「承《うけたまわ》りました……」

栄三郎は二ツ返事で引き受けた。

あらゆる人に触れ、世の中のおかしみ、哀しみを知ることが好きであるゆえに、取次屋稼業《かぎょう》に生き甲斐《がい》を見出《みいだ》す秋月栄三郎である。何よりも、その後の直太郎の動向が気になって仕方がなかったのだ。

三

「いやいや、近々、仕合の立合などを頼まれて、少しはましな白扇を身につけねばならぬと思うて参ったのだが、一口に白扇と言っても色々とあるものだな」

日本橋本銀町の扇店・野沢屋の店先で、初老の番頭に扇を選んでもらっている武士の姿がある。

袖無《そでな》し羽織に馬乗り袴《ばかま》、自慢の河内守康永《かわちのかみやすなが》二尺二寸九分《ぶ》を腰にさしたその武士は、秋月栄三郎である。今日はなかなかに立派な剣客《けんかく》風の出立《いでた》ちである。

都筑助左衛門からの依頼を受けた後、栄三郎は、かつて幸町にあったというこの野沢屋を早速訪れて、店先にいた初老の番頭に目をつけ、白扇を所望《しょもう》してあれこれ世間話などをしながら選んでもらっているのである。

少しの間言葉を交わしただけであったが、この番頭は早くも、強そうで飾り気のない栄三郎の人となりにすっかり〝たらされて〟しまい、嬉々《きき》として白扇を出してきて、

「これなどはいかがですかな……」

丁寧《ていねい》にひとつひとつを見せて、世話を焼いているのである。

初老の番頭ならば、幸町時代からのあれこれも知っているのではないか――。

栄三郎の調べはこれからであった。

「時に番頭殿、この店には直太郎という人がいたはずだが……」

「直太郎……」

明らかに番頭の顔に困惑が浮かんだ。

直太郎は勘当された身である。当然色々と問題を起こしたに違いない。いきな

り客からその名を持ち出されて、動揺するのも無理はなかろう。

元よりそのようなことは承知している。番頭にあれこれ鎌《かま》をかけるための問いなのだ。

番頭の困惑の色は、直太郎が勘当された経緯《いきさつ》を知っていることを表わしていた。

「随分と前に、直太郎さんにはあれこれと世話になってな」

栄三郎は込み入った事情があるなどとは思いもかけぬという、大らかな表情を崩《くず》さない。

勘当された息子の悪い仲間が、金の匂《にお》いを嗅《か》ぎつけてやって来た——そんな警戒を相手に抱かせてはならない。

「後に人の噂を聞くに、直太郎さんはこの家の出と聞いてな。ちょうど扇も入り用となったゆえ、懐《なつ》かしさもあって参ったというわけなのだ」

「左様《さよう》でございましたか……」

番頭の警戒は解けたようだ。そもそも人の好い男のようだ。彼もまた少し懐かしそうな顔となって、直太郎について語ってくれた。

「ではお侍様は、剣術道場でお会いになられたのですか……」

「剣術道場……。うむ、まあ、そういうことだ。あの道場だ。ええ……。いかぬいかぬ。頭を打たれ過ぎて、近頃は物忘れがひどいようだ……」

「深川清住《きよすみ》町の河波《かわなみ》先生の……」

「ああ、そうだ……。番頭殿の方が、某《それがし》より年は上だがよほど頭は冴《さ》えている。はッ、はッ……」

栄三郎は内心小躍《こおど》りしたが、逸《はや》る気持ちを抑えて、

「河波先生の道場に何度かお邪魔した折に、直太郎殿は歳下である某を気遣《きづこ》うて下されてな。その後はまったく会《お》うてはおらぬが、こちらへはお立ち寄りになられることはあるのかな」

あくまで事情は知らぬ体《てい》を装った。そしてその答えに窮《きゅう》する番頭を見て、

「おお、これは余計なことを申したようだ。商家の息子でありながら剣術修行をする身となれば、あれこれと難しい事情もありましょう。忘れて下され」

栄三郎は、何か言いたそうな番頭を笑顔で制すると、大した付き合いもなかった身が立ち入った話をしてしまったことを詫《わ》び、白扇を一本買い求め、そそくさと立ち去った。

直太郎は剣術道場に通っていたようだ。

武士に憧《あこが》れて、大坂の野鍛冶《のかじ》の倅であった栄三郎は町の剣術道場に通った。それだけに、直太郎の動きが手にとるようにわかる。

〝直太郎殿、鈴を妻にせんとて、一念発起す〟

都筑助左衛門の妻・鈴の日記に、最後に直太郎の名が見られるのは件《くだん》の記述であったという。

この〝一念発起〟が、直太郎に剣術を習わしめたのであろう。

〝嬉しゅうはあれど、まこと穏やかならぬことにて〟

と、締《し》め括《くく》られてあるのは、直太郎が剣の道に没頭し始めたことで、周囲に波風が立ったと考えるのが妥当である。

深川清住町の河波先生――。

これは剣友・松田新兵衛にその日のうちに尋ねてみた。

「それは河波大五郎《だいごろう》先生のことだろう」

確かに中西《なかにし》派一刀《いっとう》流の剣客が深川清住町に道場を構えているという。

新兵衛自身は手合わせをしたことがないが、

「大五郎先生よりも、お父上の小五郎《こごろう》先生の方が名人であったそうだ」

直太郎は助左衛門と同じ年であるから、直太郎が習ったとすると、この小五郎の方であろう。

河波小五郎は目下《もっか》、一線からは退《ひ》き、日頃は書画を嗜《たしな》む毎日であるそうな。

翌日、栄三郎は手習いを終えると、鈴木町の煙管師・鉄五郎の仕事場へと出かけた。

しばらくは毎日八ツ刻（午後二時）から半刻ばかり、仕事場の前に置かれた床几に腰をかけて暇潰しをしていると、都筑助左衛門から言われていたのである。

鉄五郎にとってはいい迷惑であるが、このところは頼んだ通りに栄三郎が構ってくれているので、心おきなく仕事に没頭しているようである。

鉄五郎の仕事場の前まで行くと、助左衛門は一人でゆったりと煙草《たばこ》の煙を燻らせていた。

栄三郎は目で合図すると、助左衛門と連れ立って松幡《まつはた》橋東詰の掛茶屋に落ち着いて、声を低めつつ、野沢屋での首尾を報《しら》せた。

「そうか……。直太郎は鈴と一緒になるために剣客になって、武士の端《はし》くれになろうと志《こころざ》したのだな……」

「色々、人となりを問いましたところでは、直太郎という人は、なかなか愛すべき男だったような気がしますね」

あの古参の番頭も詳しいことを語らなかったが、極道をして家を出されたような男を思い出す様子は見えなかった。

その他にも、昔、幸町の野沢屋があった周辺の年寄りに又平が聞き込んだことにおいても、悪い評判は聞かなかった。

剣術好きが高じて、店は妹に婿をとって継がせ、どこかの貧乏御家人の株でも買ってもらって好きなことをしているのであろう——。

そんな風に思っている者が多かった。

「だが親は、家業を継がず、剣術にのめり込む倅のことは許さなかったようだな」

助左衛門は直太郎がその後どうなったか知りたくて、うずうずとし始めていた。

その好奇心が、助左衛門の退屈の虫を刺激したのか、

「よし、それならば、その河波小五郎という隠居には、わたしが会いに行こう」

と言い出した。

こういうことは隠居同士が徒然《つれづれ》に話す方が好いというのだ。

元より栄三郎に異存はない。

助左衛門が隠居の身の上の寂しさや虚しさを少しでも紛らわせてくれたらと引

き受けた取次であるのだから。

「直太郎殿はもしかして、どこぞで立派な剣客になっているやもしれませんな」

栄三郎はその期待を籠《こ》めつつ、その日は助左衛門と別れた。

そしてその三日後のこと——。

栄三郎は、再び鈴木町の鉄五郎の仕事場へと出かけた。

例のごとく、助左衛門が表の床几に腰かけて煙管を使っていたが、栄三郎を見るその顔は晴れやかなものではなかった。

この日の話はいささか長くなりそうなのでと、助左衛門はそこから日本橋の通りを挟んですぐの出世稲荷脇のそば屋〝水月庵《すいげつあん》〟に栄三郎を誘った。二階にも小座敷がある、なかなかに風情《ふぜい》のある店だ。

「これは旦那、お久し振りでございます……」

紺に白く井桁《いげた》を染め抜いた半暖簾を潜ると、助左衛門を見かけた店の女房が声を弾《はず》ませた。

入れ込みの奥の板場から主人が顔を出して、にこやかに頭を下げた。

「ははは、そんな風に派手に迎えてくれるから、隠居の身にはちょいと恥ずかしくて来にくくなるんだよ」

照れ笑いを浮かべる助左衛門の身のこなしが心なしか若やいだ。かつてはここで、何度となく御用の筋を密談したと見える。

女房は何言わずとも、二階の小座敷に二人を案内してくれた。そこは普段は主《あるじ》夫婦の休息所として使っている所で、いざとなれば助左衛門を通す特別な一間なのだ。

「都筑の大旦那……。これからはそう呼ばせてもらいますよ」

栄三郎は座敷に入るや、そう言ってニヤリと笑った。

「勘弁してくれ……」

助左衛門の口調も少しずつ、八丁堀の旦那のそれに戻ってきているように思える。

酒と助左衛門の好物である蕎麦掻きが、かまぼこなどと共に運ばれてくると、その後の成果が語られた。

「残念ながら直太郎の行方《ゆくえ》ははっきりしなかった……」

まず結論から話すのが助左衛門の流儀である。

深川清住町の河波道場に助左衛門が小五郎を訪ねたのは一昨日のこと。

自分は都筑助左衛門という元定町廻り同心であるが、当道場の大先生が書画に堪能（たんのう）であることを聞き及び、隠居の身の嗜みにあれこれ教授願いたいと正面切って申し出たのである。

幸いにも、助左衛門は忘れていたが、かつて助左衛門によって盛り場で喧嘩《けんか》に及んだところを宥められたという門人がいたりして、話はすんなりと進んだ。

道場奥の一室に隠居部屋を構えて、小五郎は時に見所《けんぞ》に座る以外は墨絵を描き、書を認める暮らしを送っていた。

座敷には小五郎の作による墨絵などが所狭しと置いてあり、そこへ助左衛門を招くと小五郎は、

「教授などとはおこがましゅうござるが……」

と、誰でもが描ける墨絵の画法を教えてくれたりした。自ら一線を退いたとはいえ、寄る年波に勝てず不本意ながら道場主を息子に譲ったのが本音《ほんね》のようで、あまり道場へ出ると煙たがられるゆえ書画に時を費《つい》やしているが、その実、小五郎は人恋しくて退屈であったようだ。

話の節々《ふしぶし》に出てくるのは頼りない息子への不満で、助左衛門は己が姿を見ているようで苦笑いを禁じ得なかった。

「そういえば、昔、直太郎という扇屋の倅が俄《にわか》に剣客を目指して修行に励んだと

いう話を聞いたことがござったが、あれはもしや先生に入門したのでは……」

話を持ちかけると、

「おお、野沢屋の直太郎か、うむ、懐かしゅうござるな。都筑殿は彼《か》の者をご存じであったか」

「いえ、同心という仕事柄、そんな話を小耳に挟みまして、おもしろい男もいるものだと……」

「確かにおもしろい男であったが、馬鹿で哀れな男でもあった……」

河波小五郎は、相手が八丁堀の隠居であることに安心を覚えたのであろう。もう三十年以上も前のことなので話したとてよかろうと、徒然の慰めに、あれこれと直太郎のことについて語ってくれたのである。

扇店〝野沢屋〟の息子・直太郎は、気性《きしょう》のさっぱりとした優しい男で誰からも愛されていた。

それが十五の時であった。ある日、直太郎は自分は乱暴の気があるので、これを戒《いまし》めるために剣術を習いたいと言い出した。確かに直太郎には喧嘩っ早いところがある。それもよかろうと野沢屋の主は息子の願いを許した。

すると直太郎はかねてからあれこれ調べていたのか、河波道場なら町人にも剣の手ほどきをしてくれると、すぐさま小五郎に入門を願い出たのだという。

「道楽息子の気まぐれかと思ったのが、なかなかに真剣な目付きゆえ、某は入門を認めた」

するとその熱心さたるや真に激しいもので、元来の筋も好く、めきめきと腕を上げ始めた。

「ところが、そもそも直太郎が剣術を始めたきっかけというのが真におめでたい……」

ある時、直太郎は師・河波小五郎に恥ずかしそうに真意を打ち明けたところ――。

妹のお香代が通う裁縫の稽古場に、鈴というお縫子《ぬいこ》がいる。自分はその鈴に心を奪われてしまった。妹のお香代の話によると、鈴も自分を憎からず思ってくれているように思える。しかし、鈴は八丁堀同心の娘で、これを嫁にすることはできない。それゆえに店は妹に婿養子を取ってもらって、自分は武芸者となりたい。

剣客となれば、町人の出でも苗字帯刀を黙認してくれるであろう。

「そして、その同心の娘御を嫁に望むこともできるのではないかと申しましてな。某は随分と驚き申した」

「そうでござりましょうな……」

助左衛門は相槌を打ちながらも、亡妻・鈴のために、店を一軒捨ててまでも剣客を目指した男がいたという事実に、何やら心中複雑であった。

河波小五郎は、直太郎がその気ならば内弟子として、本格的な剣客修行をさせてもよいと思っていた。

しかし、このような大事、たやすく親が許すとも思えない。きっちりと親の許しを得てからのことにしろと、小五郎は直太郎に厳命したのである。

直太郎は、鈴のことは伏せた上で、自分は剣に生きたいと、その想いを二親《ふたおや》に打ち明けた。

その時の両親の驚きようはたとえようもなかった。しばし絶句した後、そんなつもりでお前が剣術道場に通うのを許したわけではないと激怒した。

だが、すでに店を継ぐ気も失《う》せていた直太郎は、まるで二親の説得にも応じず、遂《つい》に勘当の身となったのである。

河波小五郎は、そこまで思い切って剣に生きたいという直太郎を放ってもおけず、前田《まえだ》直太郎と名乗らせ内弟子にした。

そうしてますます直太郎の剣才は華《はな》開きだしたが、直太郎が剣術に励む原動力は、同心・古市嘉左衛門の娘・鈴を娶《めと》ることであった。

剣術修行をするのは好いが、その間に鈴がどこぞへ嫁げばどうしようもない。

直太郎は稽古の合間を縫《ぬ》って、稽古事の行き帰りの鈴を待ち伏せ、そっと文《ふみ》を渡すことを成し得た。

この時の鈴の驚きは、直太郎の二親どころではなかったであろうと小五郎は言う。

鈴はお縫子として共に学んだ野沢屋の娘・お香代から、兄・直太郎が剣術に没頭して勘当を受けた話は聞いていた。

時折言葉を交わし、直太郎に好意を寄せていただけに、もう会うこともないであろうことが寂しく思われたが、どうせ住む世界が違う相手のことだと心の内で割り切っていた。

それが、自分を妻に望みたいがために生家を捨てたことを文によって知り、困惑したのである。

だが、求婚できる状態にまずその身を置いてから想いの丈《たけ》を打ち明けてきた、無謀とも潔《いさぎよ》いとも言える直太郎の行動に、若い鈴は感動を覚えたようで、心の奥底に眠っていた直太郎への恋情が一気に噴出した。

〝貴方様の御心、ただただうれしく思い参らせそろ〟

と、認めた文をそっと下男をして直太郎の許へと届けた。

直太郎は狂喜した。文を手に、剣の師・小五郎に一緒になりたい由《よし》を伝えた。

しかし、娘の気持ちがどうであれ、小五郎にはまとまる縁談とも思えず、頭を冷やせと窘《たしな》めたが、気持ちが舞い上がった直太郎は鈴の変わらぬ心を信じ、まず話を通してもらいたいと懇願した。

　小五郎はやむなく、人を介して古市嘉左衛門に、前田直太郎なる売り出し中の剣客がいて娘御を妻にと望んでいるのであるが如何《いかが》なものかと申し入れたが、嘉左衛門はこれをけんもほろろにはねつけた。

　道理である。まだ二十歳《はたち》そこそこの、海の物とも山の物とも知れぬ剣術遣いに娘をやれるわけがない。ましてや知らぬ間に見初《みそ》めたとは聞き捨てならぬ。

　鈴は厳しく詰問《きつもん》され、直太郎との馴《な》れ初《そ》めを正直に打ち明け、直太郎にやましいところはない、自分のために勘当の身にまでなったのだと話したそうだが、嘉左衛門はすでに鈴の嫁ぎ先を決めていた。

　迷惑千万《せんばん》であると、河波道場へ談じ込んだ。武芸を修めた古市嘉左衛門はなか

なかに剛直の人で、

「そもそも女に懸想《けそう》したことで剣術を志すとは甚《はなは》だ不埒《ふらち》である。また、かような理由で二親に逆らい、家業を投げ出すような男に先行きは望めぬ」

と、直太郎を切り捨てたのである。

このままでは野沢屋にも迷惑がかかる——そのようなことも配慮したのであろう。鈴もすべては父の思《おぼ》し召しのままにと誓約した。

「こうして、さすがの直太郎の想いも届かずこれは悲恋に終わったのでござる。その後の鈴という娘御のことは知り申さぬ。もしも都筑殿の存じよりの方に縁づいたのならば、お忘れ下されꞏꞏꞏꞏꞏꞏ」

小五郎は思わず昔話に興じたが、助左衛門が元同心であったことをいつしか忘れていたようで、

「また余計な話をしたと、倅めに叱られまするわꞏꞏꞏꞏꞏꞏ」

と苦笑した。

「何のただの昔話でござりまするよ」

助左衛門はその鈴の夫が某でござるという言葉を呑みこんで一笑に付し、その後の直太郎を尋ねたところ、

「しばらくして、おらぬようになった……」

　そうである。

　失恋の痛手が一気に直太郎のやる気を失《な》くさせ、〝お許し下さりませ〟という文を置いて、前田直太郎はいなくなったという。

　何年かして、廻国《かいこく》修行から戻ってきた剣客から、上州《じょうしゅう》で博徒《ばくと》の用心棒をしている直太郎を見たと聞き、数年前には江戸で直太郎に似た俠客《きょうかく》を見たとか話を聞いたが、

「まあ、あの男も波瀾万丈《はらんばんじょう》……。某などよりよほどおもしろい日々を送ったのかもしれぬ……」

　小五郎翁《おう》はそれきり直太郎の話はしなくなり、助左衛門は河波道場をやがて辞した。

「今の隠居の身には、この先の直太郎の行方は知る由もないが、鈴にもそういう華やいだ思い出があったかと思うと、何やらほっとしたような……。ははは、妻に好きな男がいたことを喜ぶなど馬鹿げたことかもしれぬが、胸のつかえがとれたような、そんな気がしたのだよ」

　河波小五郎との一時《ひととき》で得た事実を語り終えると、助左衛門は晴れやかな表情で

栄三郎を見た。

「まあ、さんざん妻を泣かせた男ゆえに、そのような気にもなれるのかもしれぬが……」

かける言葉の間合をはかって、二人は一服つけた。

互いに自慢の煙管は鉄五郎作の逸品。

親しい仲間の印《しるし》である。

ぷかぷかと浮かんだ白い煙を二人はしみじみと眺めながら、人の世のおかしみをしばし噛《か》みしめた。

「では、大旦那、次はまたこの栄三に任せて下さい」

やがて栄三郎が爽《さわ》やかな表情で口を開いた。

「次を任す……?」

「もちろん、前田直太郎殿のことですよ……」

四

秋月栄三郎と都筑助左衛門が、その次に出世稲荷脇のそば屋〝水月庵〟で会ったのは十日後のことであった。

例の小座敷には二人の他に、今日は又平が相伴《しょうばん》している。

「いや、まことに御苦労であったな……」

助左衛門は、栄三郎以上に人懐こい又平を一目見るや気に入ったようで、まず酒を注いでやった。

又平はこの十日の間に、上州勢多《せた》郡大前田《おおまえだ》村へひとっ走りしてきたのである。

ここに一家を構える盲目の俠客・田島要吉《たじまようきち》に会って来たのだ。

田島要吉は、名主を務めた家に生まれながら、博奕《ばくち》を好んだ父・久五郎の跡を継いで、一家を取り仕切る若き親分である。

弟はまだ十四歳の利かぬ気の少年であるが、後に関東一の大親分と謳《うた》われる大前田英五郎《えいごろう》となる。

その要吉に又平が会えたのは、栄三郎の師・岸裏伝兵衛の〝顔〟である。

伝兵衛は廻国修行の間に、気楽流が広く伝わる上州の地を何度も訪れ、博奕打ちが多いこの辺で喧嘩の仲裁《ちゅうさい》をすることも度重なり、連中からの尊敬を受けていたのだ。

中でも田島要吉は伝兵衛の人となりにすっかりと心酔し、

「何か御役に立てることがございましたら、必ずこの要吉にお申し付け下さいまし……」

と常々言っていた。

「それなら、この小柄《こづか》を持っている奴が訪ねてきたらそいつはおれの大事な仲間だ。ひとつ面倒を見てやっておくれ……」

そう言って、数本作らせて所持している小柄の一本を要吉に渡していた。

その小柄は栄三郎も持っている。それを大事に懐《ふところ》にしまって、又平は要吉の家に草鞋《わらじ》を脱いだのである。

もちろん、前田直太郎の消息を尋ねるためだ。めきめきと上州の博徒の間で男を売り始めている大前田一家の手を借りれば、上州に出入りする用心棒連中の噂を知ることなどたやすいものだ。

又平を行かせるにあたって、栄三郎は助左衛門に、今度の経緯をすべて要吉に打ち明けてよいかを確かめた。

連中は男と見込まれれば命を張って動いてくれるし、余計なことは口が裂けても言わない。八丁堀の旦那と呼ばれた助左衛門にもそのことはわかっているはずだが、

「近頃は腹を割らねえ役人が多いからな。恥ずかしい限りだ……」

おれにはいらぬ気遣いだと言われて、栄三郎は恐縮したものだ。

こういう会話の端々に、助左衛門は八丁堀の旦那の勢いを取り戻しつつあった。

とにかく、又平は件の小柄のお蔭で大前田一家の歓待を受け、容易にことは運んだ。

「前田直太郎という用心棒は確かにおりやした……」

又平は勇んで答えた。

駒形《こまがた》の仁吉《にきち》という博奕打ちの許に身を寄せていて、要吉がまだ赤子の頃、仁吉の供で家へ来たことがあったという。

要吉は早速、駒形の身内に繋《つな》ぎをとってくれたが、二十年も前に江戸を懐かしんで再び武士の姿から町人の姿となり、名も直助《なおすけ》と改めて戻ったという。

帰ってすぐに女房を娶り、駒込《こまごめ》の吉祥寺《きちじようじ》の門前で一膳飯屋を開いた。やくざな暮らしから足を洗って穏やかに暮らそうと思ったが、その俠気と腕っ節にいつしか親方と言って慕う若い者達が集まりだし、ちょっとした裏の顔役になっているという。

「一膳飯屋の名は、〝鈴乃屋《すずのや》〟というそうです」

それを聞いて、助左衛門はふっと笑った。

「鈴乃屋か……。いい屋号だ。そういやあ、駒込辺りにそんな名の侠客がいると聞いたことがある……」

あまりその名が耳に入ってこなかったのは、直助の押さえが利いていて、吉祥寺門前辺りには揉《も》め事《ごと》が少なかったからであり、直助自身が分《ぶん》をわきまえて表に出ようとしなかったからに違いない。

一時はぐれてやくざの用心棒になったものの性根《しょうね》は腐らずに、剣を捨て町の者に戻り少しは人の役に立ち、女房をもらって幸せに暮らしているのであろう。

「子はいるのかい」

「へい、小一郎《こいちろう》という、二十になる息子が。なかなか男振りがいいようで」

「小一郎か……。そいつはいいや……」

恐らくは、剣の師・河波小五郎を想って〝小一郎〟とつけたのであろう。

「直太郎は、鈴乃屋直助となって江戸にいたか。奴はおれのことを知っているのかねえ」

「さあ、江戸へ戻って来たってことは、心の内をすっきりさせてのことでしょう。わざわざ知ろうとは思わなかったんじゃあねえですかねえ……」

栄三郎が答えた。助左衛門との会話はすっかりとくだけたものになってきている。

「大旦那、鈴乃屋に行ってみますかい」

「そうさなあ……」

会ってどんな話をすれば好いのか、どうすれば死んだ鈴は喜ぶのか——腕組みをする助左衛門に又平が言った。

「だがその前に、ちょいと気になることが……」

「気になること？」

「実は昨日、今日と、鈴乃屋へ行って参りやした」

又平が続けた。

「駒込くんだりまで？　そいつは手間をかけた。お前さんのような目明かしがいりゃあ、随分と楽だったよ」

「とんでもねえ……」

又平は目を細めた。

昨日の夕方。

上州から帰って来たばかりというのに、又平は昔馴染みの駒吉と連れ立って、そっと鈴乃屋へ入って夕餉をとった。

たこの足、大根の煮物などで一杯やりつつ店の様子を探ったのだが、この日直太郎こと直助は奥に引っ込んだまま出てこなかった。

直助の女房は奇《く》しくも鈴と同じ年に亡くなっていたが、店に来る客の話を聞くにこのところ直助の体の調子も優《すぐ》れないようだ。

客達の応対をしているのは板場を預かる息子の小一郎で、板場に小一郎を手伝う若い衆が一人、愛想よく料理を運び雑用をこなす若い衆が一人——合わせて三人の若い男が店を切り盛りしていた。小一郎は若い衆二人の兄貴格で、この二人は、元はぐれていたのを直助によって立ち直り、この店を手伝っているといった風情であった。

「ちぇッ、何でえ、六《ろく》も梅《うめ》も怖気《おじけ》づきやがってよう……」

「ああ、このところは寄りつきもしやがらねえ……」

店には客がまばらで、若い二人が時折、板場の向こうとこちらでぼやいている。

「話に割り込むようですまねえが、こちらの親方はどこか具合でもお悪いので？」

又平が絶妙の間合で話しかけると、

「いやあ大したことはねえんで、今日はちょいと休んでおりやすが……」

お運びの方が愛想よく答えたが、表情に翳《かげ》りがあるのはその若さゆえに隠しきれない。

「そいつはよかった。ここの直助の親方は男伊達《おとこだて》のお人とお聞きして、こういう親方がいるから、この辺じゃあぐれた若《わ》えのが悪さをやらかさねえし、下らねえ連中がのさばらねえんだと、感心していたところでね」

よほど心酔しているのだろう、又平が言葉を継ぐとたちまち二人の顔は綻《ほころ》んで、

「そいつは兄《あに》さん方、お目が高《たけ》えや。そうでやすよ。うちの親方がいなけりゃあ、あっしなんか下らねえことに巻きこまれてもう、命を落としていたかもしれやせん」

「この辺の若《わけ》えもんで、親方の世話になってねえ奴はいねえくれえなもんで……」

と、まくしたてた。

「そうだろうよ。てことは何かい。この辺の若え者《わけ》は何か起こりゃあ、皆、親方の許に集まって、命を張ろうっていう男ばかりなんだろうね」

だが、又平が煽《あお》るように言うと、二人は決まり悪そうに顔を見合わせて、

「まあ、おれ達二人はそうなんだが……」

と、お運びの一人は言葉を濁《にご》した。

「肝心《かんじん》な時に怖気づく野郎が多くて嫌になりますよ……」

板場の一人が入れ込みへ出て来て、悔しそうに声を震わせた。

「おい、店のお客に下らねえことを言うんじゃねえや」

板場から小一郎が出て来て二人を窘めた。

若い二人は我に返ったように又平と駒吉に小さく頭を下げて、それぞれ持ち場に戻った。

「あいすみません……。倅のあっしが不甲斐ねえ若造なもんで、御迷惑をかけておりやす……」

小一郎はそう言うと、また板場へ戻った。

挙措動作《きょそどうさ》が落ち着いていてなかなかの男振りだ。だが、いかんせん、二十歳で

は直助に代わって押さえが利かず、それが苛立《いらだ》ちになって眉間《みけん》に深い皺《しわ》を刻んでいた。

又平は駒吉と、その日はすぐに店を出て、吉祥寺門前の盛り場をうろついてみた。

すると、至る所で目つきの鋭い遊び人風の男達の姿が見られた。

連中は、この辺で一年ほど前から楊弓場《ようきゆうば》を開いている梓屋《あずさや》甚七《じんしち》の許に出入りする若い衆であるという。

梓屋が店を開いてからというもの、そこを根城におかしな連中がうろつくようになり、吉祥寺門前を縄張りに、いかさま博奕を開帳したり、盗品を売り捌《さば》いたりしてこの辺り一帯を無法地帯に変えつつあった。

駒込の辺りは御府内の端で、なかなか町方の目も届きにくい上に、梓屋甚七は役人に対しては実に当たりが好く、悪事は巧《たく》みに闇《やみ》に紛れさせる――。

少し前なら、鈴乃屋直助が先頭に立てば、これに勇み肌の町の若い衆が集まって、破落戸《ごろつき》がのさばることを許さなかったのだが、直助が胸を病み、女房に先立たれた心痛が重なりこの一年の間床《とこ》に伏せりがちであった間に、甚七はあっという間に勢力を広げたのである。

こうなると、何かというと鈴乃屋に集まって気勢をあげた鳶《とび》、大工、魚の棒手《ぼて》振りといった生きのいい連中も、すっかりと店に寄りつかなくなってしまった。

今日も昼間に又平が店を覗《のぞ》くと、甚七の乾分《こぶん》達が大勢店で飯を食っていた。別段何をするわけでもないが、鈴乃屋に人を寄りつかせない脅しの意味を込めているのは明らかであった。

今や、直助に従う者は倅の小一郎と、店を手伝う若い衆の二人だけになってしまった。

小一郎達は連中の挑発に乗るなと直助に厳命されているのであろう。言われるがままに酒食を給して屈辱に耐えていたという。

「う〜む……梓屋甚七の野郎、吉祥寺の門前に出張りやがったか……」

都筑助左衛門は又平の話を聞いて唸《うな》った。

助左衛門は甚七と面識があった。

雑司《ぞうし》谷《がや》一帯を縄張りにする博奕打ち、鬼火《おにび》の五郎蔵《ごろぞう》の右腕と言える男で、甚七が楊弓場を開くことで徐々に鬼火一家の版図《はんと》は広がっていくのである。

「もう少し、町場のやくざ者共をきっちりと取り締まらねばならぬ……」

助左衛門が前原弥十郎に苦言を呈し、息子の慶二郎から役所の方であれこれ考えているから余計なことを言うなと叱られた一件には、このような意味が含まれていたのだ。

「何が役所の方で考えておるだ……。どうせ忙しさを理由に見て見ぬふりを決めこんだに違《ちげ》えねえや……」

怒りがこみあげると、久し振りに覚える武者震いが鈍《にぶ》りきった四肢《しし》に力を与えた。

「大旦那、ここは知恵を絞《しぼ》って助けてやりますか」

栄三郎はニヤリと笑って助左衛門を見た。

元八丁堀同心とおもしろずくでかかれば、甚七を引っかけることなどたやすかろう。

「又平、直助の親方は寝たきりかえ」

「いえ、このところは時折店へ出て、破落戸共に睨《にら》みを利かせているとかで」

「てことは、甚七の野郎、何とかしてやろうと、今頃は悪事の算段をしてやがるはずだ。こいつはおもしろくなってきやがったぜ……」

栄三郎と又平のやりとりに、助左衛門は調子好く合《あい》の手を入れた。

その手は煙管の雁首《がんくび》に煙草を詰めている。

それが、八丁堀の旦那と言われたあの頃の、何かが閃《ひらめ》いた時に見せる、都筑助左衛門、お決まりの仕草であるのだ。

五

「甚七、お前がこの辺にまで縄張りを広げに来ているとは知らなかったぜ」

「都筑の旦那、人聞きの悪いことを言わねえでおくんなさいまし。あっしはただ斬ったはったに疲れて、矢場の親爺に収まろうと……」

「見えすいたことを言うんじゃねえや、この野郎。お前がしようとしていることくれえ、何もかもお見通しなんだよう」

「旦那、勘弁しておくんなさいな。何を仰りてえんで」

「ふッ、ふッ、おれはもう隠居の身だ。何も言わねえよ。ただ、暇潰しに駒込の富士山に参る途中にこの辺りに立ち寄って、お前の姿を見て驚いただけだよ……」

「旦那のその笑い。何やら気味が悪いですよう」

「気味が悪いかい」

「へえ、随分とねえ」

「隠居となりゃあ、お前も昔馴染みだ。その誼《よしみ》で言ってやろう。この界隈《かいわい》からすぐに引き上げな」

「どうしてですよう」

「お前は、鈴乃屋直助を甘く見過ぎだぜ」

「直助のことをご存じで」

「奴は病に伏せっているのを逆手にとって、お前を油断させて、その実、お前の悪事の尻尾《しっぽ》を摑《つか》んだようだぜ」

「まさか、あの老いぼれが……」

「ふッ、ふッ、ふッ……」

「奴があっしの何を摑んだって言うんです」

「そいつは知らねえよ。手前の胸に聞いてみな。奴は、近々八丁堀の同心に密かに会うことになっているようだぜ」

「八丁堀の……」

「お上の目は節穴《ふしあな》じゃねえんだ。見て見ぬふりを決めこむ奴もいりゃあ、捕まえて手柄にしようと思う奴もいる……」

「そりゃあ、まあ……」

「お前が詫びを入れて、この門前から引き上げると言やあ、直助も男だ。尻尾を摑んだと思ったらとんだ思い違いだったと済ますに違《ちげ》えねえ」

「信じられねえ……」

「おれの見たところじゃあ、この辺で八丁堀と密かに会うとしたら、白山権現裏《はくさんごんげん》手の〝富士見《ふじみ》〟という料理茶屋ってところだな。そこへ同心が出入りするようになりゃあ、悪いことは言わねえ。直助に詫びを入れな」

「白山権現裏手の〝富士見〟……」

「邪魔をしたな。久し振りにお前の悪党面《づら》を見て、昔が懐かしかったぜ」

「旦那、どうしてそんなことをあっしに」

「隠居の身は金廻りが悪くて困る。お前に恩を売っておきゃあ、たまには小遣い稼ぎもできるってもんだ。そうじゃあねえかい……」

境内《けいだい》の紅葉が色濃く染まる吉祥寺。

その門前にある楊弓場の奥座敷で、このような言葉が交わされていた。

もちろん、都筑助左衛門が梓屋甚七を訪ねてのことである。

日は暮れようとしていた。

助左衛門は裁着袴《たつつけ》に短めの羽織を引っかけ、脇差《わきざし》のみを差し、手には菅笠《すげがさ》と竹杖《たけづえ》を持っている。

いかにも富士講帰りの隠居といった様子であるが、その眼光は炯々《けいけい》として、そこいらの年寄りとはわけが違う凄《すご》みを発散していた。

意味深な言葉を残して、助左衛門は楊弓場からそそくさと立ち去ったが、梓屋甚七は助左衛門の来訪の真意を計りかね、途端落ち着きを失くした。

隠居の暇潰しとも、恩を売っておいて小遣いをせびろうという算段とも思われたが、鈴乃屋直助が自分の尻尾を摑んで、密かに町方同心に会おうとしているという忠告が気になって仕方がない。

あの半病人が、いったい甚七の何を摑んだというのか。

——はったりに決まっている。

とも思ったが、やましいことはいくつもある。

盗品の売買に絡《から》んで二人ほど闇から闇に葬《ほうむ》っている——このことであろうか、あのことであろうかと考えると、やり手の八丁堀同心であった都筑助左衛門の一言はどうにも気になる。

近々、〝富士見〟という料理茶屋で同心に会う段取りをつけているらしい。助左衛門がそこまで詳細な情報を告げるからには、やはり何かがあるのかもしれない。

疑心は暗鬼を生む。

甚七はとにかく〝富士見〟を見張らせた。

すると翌日の夕方。

乾分が息せき切って梓屋へ駆け戻って来て、昼間に定町廻りの同心が編笠《あみがさ》を被《かぶ》った浪人と密かに話していたと報せた。

次の日は現われなかったが、その次の日は再び浪人と会っていたという。

この同心と浪人は、前原弥十郎を中食《ちゆうじき》に誘った秋月栄三郎であったのだが、編笠で面相を隠し何やら緊迫した様子を演じた栄三郎に、甚七の乾分は見事に惑わされた。

店を出るやそそくさと弥十郎と別れる栄三郎の様子は、その実、弥十郎の同心姿を甚七の乾分達に見せるためとはいえ、二日にわたって弥十郎のまったく役に立たない蘊蓄を聞かされて、辟易《へきえき》してのことであった。

それだけに真《しん》に迫っていたとも言える。

甚七に生まれた暗鬼はさらに大きくなる。

そういう間合を見計らったかのように、駒込の富士講帰りの都筑助左衛門が梓屋に立ち寄って、

「悪いことは言わねえ。直助に詫びを入れて町を出ろ」

一言だけ残して立ち去る。

「ですから旦那、仰る意味がわかりやせんねえ」

その場は余裕の表情で言い繕《つくろ》いはするが、甚七の暗鬼は大きくなるばかりであった。

——直助の野郎、いくら左前になったからといって、役人の手先になりやがるとは、渡世人の風上にも置けねえ。

そういきり立ったとて、どちらが世間から裁かれるかは知れたことである。

といっても、邪魔な直助の力を押さえ込んだというのに、こっちが町を出るのは業腹《ごうはら》だし、直助に詫びなど入れたら男が立たない。

鬼火一家での立場を失う。

助左衛門の来訪を受けて以来、念のため直助の動きは見張らせてある。

——直助が〝富士見〟に行く前に、野郎を殺《や》っちまおう。

とどのつまり、思いはそこへ落ち着く。

だが、〝鈴乃屋〟に籠もりきりの直助を始末するのは骨が折れる。店の周りは繁華な所で、住人も多い。押し入って殺すことはできない。

とにかく殺し屋は雇《やと》った。

後は直助の外出を待つだけだ。

二日後の夜――。

甚七に二つの報が入った。

一つは、〝富士見〟の見張りから、店に八丁堀の同心が入ったとのこと。

そして、もう一つは、鈴乃屋から直助が単身出かけたという報せであった。

甚七は覚悟を決めた。

〝富士見〟へ行くまでの道中に乾分共を放ち、かねてから決めてあった手はず通り、自らが殺し屋を伴《ともな》い寺院が連なる間《あい》の道で待ち伏せたのだ。

直助は一人である。

店を出る時に、

「甚七の乾分共を恐れたと思われるのは業腹だ」

と、ただ一人、紋付羽織を着し、腰には鉄扇《てっせん》のみを差して堂々と表から出た。

病み上がりに夜の寒風は堪《こた》えるのか、防寒の頭巾《ずきん》を外へ出た折に被ったという。

都筑の隠居には直助殺しを疑われるかもしれない。

だが、あの隠居も浮世に未練を残しているようだ。お望みの小遣いをちらつかせて、何とでも言いくるめる自信はある。どうせ、たかが渡世人同士の命のやり取りではないか。

むしろ、今、〝富士見〟で直助を待つ八丁堀同心から疑われる恐れはあるが、これも何とかたぶらかすつもりだ。都筑の隠居をそれに利用するのも悪くない――。

甚七と殺し屋を乗せた早駕籠《はやかご》は、土物店《つちものだな》の通りで直助を追い抜いた。

――今日こそ決着をつけてやろう。

駕籠の中、甚七の口許が醜《みにく》くゆがんだ。

六

「ふん、だらしないぞ、前田直太郎……」

直助は自嘲の笑みを頭巾の中に浮かべた。

かつて剣術で鍛《きた》えた体も年をとり、胸を病み、長く伏せると少し歩くだけで息があがる。

――それにしても、生きているとおもしろいこともあるものだ。

梓屋甚七が吉祥寺の門前に出張ってきてから心休まることもなく、孤立無援の中、若い者達の先行きを何とか落ち着くように仕向けて、揉め事を起こす前に町を出るしかないかと諦めの日々を送っていた直助であった。

そこに思わぬ援軍が現われたのであるから――。

数日前。

鈴乃屋に秋月栄三郎なる武士が現われた。

昔懐かしい剣客風の装いで、独特の愛敬《あいきょう》を身に備えたこの男は、息子の小一郎に、古市鈴殿の由縁《ゆかり》の者である、直助殿にそう伝えてくれと言って面会を求めたのである。

古市鈴――その名を知る者が訪ねてくるとは、胸が裂けんばかりの驚きであった。

秋月栄三郎は、乾坤一擲《けんこんいってき》の大芝居を持ちかけて去っていった。

直助は二ツ返事でこの策に乗った。何よりも会って話してみたい人の存在を知ったからである。

そして今日、又平なる遣いの者が、甚七の手下が見張る店へ客としてやって来て、

「酒を一合、ぬる目の燗でおくれな。肴《さかな》はそうさなあ。こちらの親方のお勧めに従うぜ……」

と開口一番こう言った。これが出陣の合図であった。

必ず敵は乗ってくる。乗って来なければこれを繰《く》り返し続ければいい。

直助は白山権現手前の追分《おいわけ》へ出る角で、咳《せ》き込んでうずくまった。その拍子《ひょうし》にぶら提灯《ちょうちん》を落とし、提灯は炎をあげて燃えた。

まばらな人通りの中、俄に明るくなった道端にためらう者の気配を背中に覚えつつ、直助はそこからほどない所に店を構える提灯屋へと入った。

すでに表の障子戸《しょうじど》は閉められていたが、そこは馴染みの店である。提灯屋の主人は、

「おや、親方、どうなさいました……」

と、直助を迎え入れて障子戸を閉めた。

胸を病む直助が咳き込んで落とした提灯を取り替えに店に入った——直助をそっとつける甚七の配下はそう思ったことであろうが、これが大芝居の序幕である。

提灯屋の中で直助を迎えたのは店の主《あるじ》だけではなかった。

「お前さんが直助さんかい」

同年代の男が奥から現われた。

「では旦那が……」

「ああ、鈴の亭主だ。会えてよかった……」

「あっしも会えて嬉しゅうございます」

都筑助左衛門と前田直太郎——やっと対面が叶《かな》った二人は声を押し殺して頷き合うと、その場はまたすぐに別れた。積もる話は大芝居に幕を下ろした後だ。

やがて、再び提灯屋から出て来た、紋付き羽織に防寒頭巾姿の直助を認めた甚七の乾分は三人——その内の一人は、間もなく到着すると、待ち伏せの甚七に報せに走った。

咳き込んだ後の具合が悪いのか、直助は片手に提灯、もう片方の手は手拭《てぬぐ》いを摑んで口に押しあてている。

そして直助の姿は遂に寺院が立ち並ぶ間の道に現われた。

「来やがった……。先生、お願いしますぜ」

暗がりの路地でこれを待ち構えていた甚七が、殺し屋の浪人に囁《ささや》いた。

辺りには人っ子一人いない。相手は病持ちの老いぼれ一人――絶妙の間合である。

直助の行く手に殺し屋が路地から出て立ち塞がった。

直助はその殺気に後退《あとずさ》り、後ろを向くと、尾行していた甚七の乾分二人が匕首《あいくち》を抜いて迫って来る。

前後を敵に挟まれ危機一髪の直助であったが、覚悟を決めたか、後ろの敵に目もくれずに提灯を前に投げ捨てると、つつッと殺し屋との間合を詰めた。

「死ね！」

途端、白刃《はくじん》を振りかざした殺し屋は、次の瞬間、うっと顔をしかめ片手で目を覆《おお》った。

直助と思ったのは、提灯屋で入れ替わった都筑助左衛門で、懐に隠し持った目潰しを殺し屋の顔めがけて投げつけたのである。

唐辛子《とうがらし》と胡椒《こしょう》に砂を混ぜて工夫した助左衛門秘伝の目潰しが、どれだけ捕物で威力を発揮したやしれぬ。

「えいッ！」

間髪を容れず助左衛門が投げつけた鉄扇は殺し屋の眉間を割った。

その時、後ろの匕首の二人は、彼らをさらに後ろからつけていた秋月栄三郎によって峰打ちに倒されていた。

――畜生《ちくしょう》、都筑に謀《はか》られた。

逃げ出した甚七の頭上から二人の男が飛来して、二尺ばかりの細い鉄棒で足を払った。

寺の屋根の上から飛び降りてきたのは又平と駒吉である。

いざという時は、敵の頭上から屋根瓦《がわら》を雨あられのように降らせてやろうと待機していたのである。このところは駒吉も〝手習い道場〟の門人なのだ。又平に劣らぬ身の軽さに加えて、棒を振ることを覚え始めていた。

助左衛門は激痛に足を押さえて悔しがる甚七に近寄ると、

「甚七、だから詫びを入れて町を出ろと言ったろう。老いぼれをなめると痛い目を見るぜ」

と厳しい目で睨みつけたものだ。

それからすぐに、助左衛門の息子の慶二郎が駆けつけて来た。

「大事な話があるから必ず来い」

と、助左衛門に言われて料理茶屋〝富士見〟に入ったのは、慶二郎であったのだ。

「父上、何という無茶なことをするのです。このようなことは役所に任せて下さらねば困ります」

何も知らされていなかった慶二郎は手先を呼び集め、ひとまず甚七達を近くの番所に放りこみつつ、くどくどと助左衛門に意見をし始めたが、今日の助左衛門はいつもの隠居の体《てい》とは違った。

「黙れ！　この助左衛門は隠居をしたとて将軍家にお仕《つか》えする身だ。世を乱す奴を見かけたらこれを捨ておかぬのが信条だ。お前達役人がのろまだから年寄りが楽できねえ。まず手伝ってくれた皆に頭を下げて、とっととおれを襲いやがった連中を取り調べねえか！」

と、慶二郎を大喝したのである。

久し振りの父親の怒りに息子は沈黙した。

「もうひとつ言っておく。あの無愛想な嫁をお前の力で仕付け直せ。でなければ、おれが鈴に代わっていびり出す。行け！」

慶二郎は這々《ほうほう》の体で助左衛門の前から立ち去った。

「大旦那、好い調子ですね」

栄三郎は弾《はじ》けるような声で合の手を入れた。

「もう倅の顔を立てて、隠居らしくするのはやめだ」

助左衛門はせいせいとした表情で、その夜は鈴乃屋に栄三郎、又平、駒吉を連れて繰り出し、やっと会えた直助を相手につくづくと語り明かした。

直助はあらゆる肩の荷が下り、すっかりと元気を取り戻し、初恋の女《ひと》の昔話をよく語った。

楚々《そそ》として、何事にも控え目であった鈴の活発であった少女の頃の話は、助左衛門にとってはどれも珍しかった。

「お前さんが生き方を変えてまでして惚《ほ》れた女を、おれはまったく粗末にした。お前さんにも鈴にも申し訳ねえことをしたと思って、一度会って謝ろうと思っていたんだよ」

一通り話を聞くと、助左衛門は直助に姿勢を正した。

「旦那があっしと鈴さんに申し訳ねえことをした？　とんでもねえことでござい

ますよ」

直助は恐縮の体で首を振った。

「勝手に惚れて思い込んだ、若気の至りってやつでございますよ。あっしの場合はそいつをどうも、余所《よそ》の人よりこじらせただけのことでございます。お蔭で、思えばおもしれえ暮らしを送ってこられましたし、鈴さんには何の未練もございません。何と申しましても、あっしが惚れた女は、倅を産んだ女房一人でございますよ」

直助は店の隅で相伴している小一郎を見て笑った。

「なるほど、そりゃあそうだ。お前さんには恋女房がいたんだなあ」

助左衛門はしみじみと頷いた。

「へい、おりやした。人ってえのは、あれこれ回り道をしながら、一番好い相手と引っつくように出来ているのでしょうよ……」

鈴もそうして助左衛門と出会って、幸せに死んでいったのだと直助は言った。

「実は一度だけ、深川の八幡《はちまん》さままで、鈴さんと行き合いましてね」

しかし、懐かしさと恥ずかしさに、思わず頭を下げた直助を見て、鈴は小首を傾げつつ会釈《えしゃく》をしてそのまま振り返ることもなく立ち去ったという。

「まったくあっしのことを覚えておいでじゃあございませんでした。ご様子を見るにお幸せそうで……。旦那は御新造様に惚れられていなさったんですよ。日記にあっしの名が残っていたのは、いつか旦那が読んだ時に、ちょいとばかり気を揉ませてやろうってところで。血の通わねえ夫婦なら、手前の心の内に何もかもしめえこんで、そっと燃やしちまうに決まってておりやすよ」

「そうなのかねえ」

あの聡明で情け深い鈴が、一度恋した男のことを忘れるものか。だが、今では人の妻だと、忘れたふりをしたのであろう。助左衛門はまた首を傾げて、

「そうなのかねえ……」

「そうですよ……。旦那の方だって、鈴さんにぞっこんだったはずだ。日記を見ただけで、あっしに会おうとして難儀を救って下さいやしたのも、鈴さんに惚れていなさったゆえのことだ。そうじゃあございませんか……」

——惚れていたと言いなさい。あなたは本当にひねくれ者ですね。

鈴の声が助左衛門に届いた。

ふと横を見ると、

「大旦那、白状したらどうなんです?」

煙管を燻らす栄三郎の笑顔が、そう語りかけている。

「ふッ、ふッ、ふッ……」

惚れていたに決まっている。だが、この味わい深い男には洒落《しゃれ》た答えを返したい。

助左衛門は笑ってごまかしながら煙管の雁首に煙草を詰めて考える。

——そうだ、自分も今日から日記をつけよう。鈴への想いを日々綴《つづ》るのだ。やがてこの身が滅んだ時、おれの鈴への想いはすべてが明らかになるのだ。よし、おれが死んだら日記を読んでみてくれ……。これで決まりだ。

助左衛門は、ニヤリと笑うと煙草盆を引き寄せ、煙管に火をつけた。

第三話

父帰る

一

〝まけまけ拾え、鍛冶《かじ》やの貧《びん》ぼ〟

大声ではしゃぐ子供達に蜜柑《みかん》がまかれる。

十一月八日は鞴祭《ふいごまつり》である。

鍛冶師、鋳物師《いものし》、錺師《かざりし》、石工《いしく》など鞴を使う職人が火防《ひぶせ》の稲荷《いなり》神を祭るのだ。

この日は未明から鞴祭恒例の〝蜜柑まき〟が催《もよお》され、町の方々で蜜柑を懐《ふところ》にいっぱいしまいこんだ子供達が駆け回っていた。

秋月栄三郎が師匠を務める手習い所の子供達も同様で、今年は築地南小田原町《つきじみなみおだわらちょう》の鋳物師・仙蔵《せんぞう》の家の前にも大勢押し寄せている。

というのも、近頃栄三郎は仙蔵と心やすくしているのだ。

大坂住吉大社《すみよしたいしゃ》前の野鍛冶の倅《せがれ》として生まれた栄三郎は、職人が働く姿を眺めるのが好きである。

特に、鉄が赤く燃えている様子はこたえられない。

腕のいい鋳物師が〝手習い道場〟からほど近い所に仕事場を構えていると知っ

て見学を望んで以来、二人の間で交誼《こうぎ》が続いているというわけだ。

仙蔵は三十歳。今はこの仕事場を兼ねた表長屋の住まいに、十八歳の妹・お七《しち》と二人で暮らしている。

代々の鋳物師とはいえ、仙蔵の他には通いの小僧が一人いるだけのつましいものなのであるが、慶事があって今年はいつもより派手に蜜柑まきをしたいとのことで、栄三郎は手習い子達を連れてきた。

慶事というのは、お七に縁談がまとまったことである。

相手は八島屋《やじまや》という米問屋の息子で、嫁ぎ先としては申し分がない。

「まだほんの子供の頃にお袋が死んでしまって、随分《ずいぶん》と辛《つら》い思いをさせちまいやしたから、お七には幸せになってもらいてえんですよ……」

その日も陽《ひ》が翳《かげ》り始め、蜜柑まきの後、再び訪ねてくれた栄三郎相手に一杯やりながら、仙蔵はしみじみと言った。

客の出入りも落ち着き、今は仙蔵、お七の兄妹と栄三郎だけとなっていた。

お七は酒肴《しゆこう》の仕度《したく》をしながら、自分を養うために未《いま》だ独り身でいる兄を気遣《きづか》い、嬉《うれ》しさも半《なか》ばといった複雑な表情を浮かべていた。

今までの感謝の気持ちを伝えたいのだが、強がりの仙蔵は、

「おれは男だ。ちょっとした苦労なんぞ、ありがてえくれえだよ」

などと怒ったように答えるのが常で、なかなか言葉をかけにくいのである。

栄三郎はこのところの付き合いで、兄妹のそういう機微は心得ている。

「今度は仙さんが女房を貰《もら》う番だな」

と切り出して、お七の気持ちを代弁してやる。

「いやあ、おれに女房なんて……」

貰ったところで苦労をさせてしまうのに違いないと言って、仙蔵はふっと笑った。

「女だって、亭主と一緒にする苦労はありがてえってもんだ。仙さんは心根が優しいし、鋳物の腕だっていいんだ。いくらでも来手があるのにもったいねえよ。なあ、お七ちゃん……」

栄三郎の言葉に、よくぞ言ってくれたとばかりに、

「そうよ兄さん。兄さんが一人でいると思うと、わたしは落ち着いてお嫁になんか行けないもの」

と、相槌《あいづち》を打った。

「何言ってやがんでえ……」

仙蔵は、生意気を言うなと妹にしかめっ面《つら》を見せて、栄三郎に向き直り、

「おれにも、あの親父《おやじ》と同じ血が流れているのかと思うと、何やら空恐ろしい心《こ》地《ち》になりましてねえ……」

と、やり切れぬ表情を浮かべた。

この話になると、栄三郎も次の言葉を探すしかない。

今や鋳物師としての腕をめきめきと上げている仙蔵の父・伊兵衛《いへえ》もまた、名人と謳《うた》われた鋳物師であった。

それが、鋳物の修業に出かけると旅に出て、女房のお仲《なか》と子の仙蔵、お七を置いたまま帰って来なかった。

それから十五年――残された三人の苦労は並大抵のものではなかった。

ちょっとした苦労なんぞ、ありがてえくれえだと、今でこそ笑って強がる仙蔵であるが、父・伊兵衛の存在を己《おの》が血脈ごと否定してしまうくらいに憎んでいるのだ。

そのことを知るだけにやれやれという思いで、栄三郎が小ぶりの茶碗《ちゃわん》に注《つ》がれた酒を呑《の》み干すと、新たな来客があった。

「ごめんよ……」

表から少し嗄《しわが》れた声がして、お七が応対に出ると、戸口に五十半ばの初老の男が立っていて、懐《なつ》かしそうな目を彼女に向けてきた。

「お七……だな。おれがわかるかい？」

「もしかして……」

お七の体が硬直した。それはまさしく十五年前に別れた父・伊兵衛であった。

まだ幼い頃に別れたままで、初めはどこの誰ともわからなかったお七ではあったが、父親嫌いの兄・仙蔵と違って父への憧憬《しょうけい》は強い。向けられた目の光で、誰かはすぐに察せられた。

「お父つぁん……」

いつかこのような日が来るのではないかと夢に見ていたのだ。お七はつくづくと父の顔を見つめた。

仙蔵とよく似ているのが何ともおかしい。

「お七、いい娘になったなあ、はッ、はッ、はッ……」

しばらく嬉しそうに娘の顔を見つめた後、伊兵衛は能天気に声をかけたものだ。

噂《うわさ》をすれば影というが、何とも微妙な間合に現われたこの珍客に、居合わせた栄三郎ははらはらとしながら成り行きを見守ったのであるが――。

「どちらさんですかい……」

仙蔵は顔をこわばらせ、そっぽを向いたまま伊兵衛の笑いを詰《なじ》るように言った。

お七と違って、この息子には父への感傷は見られなかった。

「何を言っているんだ。お七が覚えていてくれて、お前がおれの顔を覚えていねえってことがあるもんかい」

伊兵衛は悪びれる様子もない。

仙蔵にはそれが気に入らない。

「おれの親父だと言いてえならお生憎《あいにく》さまだ。親父は十五年前に死んでおりやす」

と吐き捨てた。

「お前らを置いて出て行ったのは悪かったと思っている。だがなあ仙蔵……」

「迷惑なんだよ！　今さらあんたみたいな呑んだくれにうろつかれたら」

「もう酒は控える。お前達には迷惑はかけねえ。だから、少し話を聞いてくれよ」

「聞きてえことなんて何もねえよ。おれもやっと一人立ちできた——お七だって米問屋の息子さんとの縁談がまとまったところなんだ」

「お七に縁談が……」

それは何よりだと、伊兵衛はお七に頰笑《ほほえ》みかけた。

お七は仙蔵の手前、何も言えずにただにこやかに頷《うなず》いたが、仙蔵はそれすらも気に入らずますます不機嫌になり、

「やっとこの家もあれこれうまく回りだしたところなんだ。そんな時に、今さらのこのこと親父でございなんて出て来られて、堪《たま》るかってんだ。出て行ってくれ！」

と、摑《つか》みかからんばかりの勢いで出入りの土間へ降りて言った。

「兄さん、落ち着いてよ……」

さすがにお七が間に入った。

「落ち着いていられるか。お袋がどれだけ苦労したと思っているんだ」

仙蔵はさらにいきり立った。

「帰れ、帰れ！　ここが御先祖からの仕事場だというなら、おれが出て行ってやる」

「わかったよ……」

伊兵衛は少しおどけた顔をして頷いた。

「おれは何もここを取り返しに来たわけじゃねえや。久しぶりに会ったのにかっか、かっかとしやがって、まったく気の短《みじけ》え奴《やつ》だ。まあ、お前が怒るのも無理はねえが……。へへへ、驚かしてやろうと思ったが、怒らしちまったな。すまなかった！　出直すとしよう……」

伊兵衛はペロリとお七に舌を出して見せると、軽快な足取りでまた出て行った。

その声音《こわね》には、久しぶりに会った息子に受け入れてもらえずに、とぼとぼと退散する哀れな年寄りの弱々しさはない。

いたずら坊主がどうも困ったと頭を掻《か》くような、何やらおかしみさえ覚える。

妻子を置いてふらりと旅に出たまま十五年もの間戻って来なかった男である。

そんじょそこいらの初老の親爺《おやじ》などではないのであろう。

仙蔵は怒った分だけ肩すかしを食ったようで、

「お父つぁん……！」

と、後を追おうとするお七を、

「あんな奴、親でも何でもねえや、構うんじゃねえ！」

と叱《しか》りつけて、土間から栄三郎がいる座敷の方へと戻って来て、決まり悪そうに頭を下げた。

「申し訳ねえ……。栄三先生に、みっともねえところを見せちまいやした……」

「いや、何だか仙さんとこれでまた、親しい間柄になれたようで嬉しいぜ」

栄三郎は暗雲を吹きとばすかのように笑いとばして、

「今のが噂のお父つぁんかい」

と、尋ねて仙蔵の肩をポンと叩《たた》いた。

「へい。そういうわけで……」

突然、十五年ぶりに父親が帰ってきたのである。その衝撃に胸の鼓動が治まらなかったが、栄三郎にこう言われると、少しは気も落ち着いてきた。

「あんな風に追い返してしまっていいのかい」

栄三郎は、もう少しあれこれと話したかったであろう、お七の気持ちを代弁してやった。

「いいんですよ。何を今さら……」

仙蔵は栄三郎に心中を吐露した。

いつかこういう日が来るかもしれない。その時はどのようにして父と接すればよいのか——。

自分ももう三十になる一人前の男だ。ただ落ち着き払って、他人行儀に振る舞い用件を聞いてみたらどうだろう。

そうだ、それが一番あの親父にはこたえるに違いない。そうしてやろう——。

などと思い描いていた。

しかし、実際会ってみると、頭に血が昇り、栄三郎の前だというのに恨み事をぶちまけた挙句《あげく》、くそ親父に飄々《ひょうひょう》とかわされてしまった。

それが何とも情けなくて仕方がないのだと。

「だが仙さん、親父さんは達者に暮らしていた。それがわかっただけでもよかったじゃねえか。いくら憎んだとて、親子の縁は切れねえんだ。どこかで野垂れ死になんぞされたって、後生《ごしょう》が悪いぜ」

「まあそりゃあ……。栄三先生の言う通りだが」

「兄さん、そう思うなら、今度お父つぁんが訪ねてきたら、今日みたいに追い返さずに、ゆっくりと話してみてちょうだい」

お七は仙蔵の横に座って真っ直《まっす》ぐな目を向けた。

さり気なく自分の気持ちを酌《く》んでくれる栄三郎の存在がお七にはありがたかった。

「わたしにとっても、一人しかいないお父つぁんなんだから」

「あんな奴は親じゃねえよ」

「兄さん……」

「言っておくが、おれは何があろうとあの親父を許しゃしねえからな」

仙蔵はぷいっとお七から目をそらしたが、

「火を使う者がかっかとしたら怪我《けが》のもとだ……。うちの親父がいつも言っていたよ。仙さん、今日はこれで帰るが、何かおれにできることがあったら言っとくれ」

栄三郎に宥《なだ》められ、またすぐに神妙な面持《おもも》ちになって頷いた。

無理もない。仙蔵とてその心は千々《ちぢ》に乱れていたのである。

栄三郎は迷惑をかけたと恐縮するお七に、

「おれはおれなりにできることを考えるから、今は兄さんの味方になっておあげ……」

そう耳打ちすると仙蔵の家を出た。

日はすっかりと暮れて北風は冷たかった。

川端の稲荷社にあげられた灯明はゆらゆらと揺れて、はっとするほど美しかった。

鞴祭の功徳《くどく》は、突如帰って来た初老の鋳物師に何と出るのであろうか——。

二

秋月栄三郎は、そのまま手習い道場には戻らなかった。

北風に逆らうように中《なか》ノ橋を渡り、本材木町《ほんざいもく》の通りを北へ、さらに江戸《えど》橋を越え、人形町《にんぎょうちょう》通りの住吉《すみよし》町に出た。

ここに〝玉鐵《たまてつ》〟という軍鶏《しゃも》を食べさせてくれる店があるのだ。

〝玉鐵〟は、将軍家御鷹匠《おたかじょう》である山田鐵右衛門《やまだてつえもん》が、妻・たまと共に〝御鷹匠仕事〟をもって家業を興《おこ》したという名店である。

〝御鷹匠仕事〟とは、将軍家の御前で鶴《つる》を切るというおごそかなる儀式に由来する。

栄三郎はここで人と落ち合うことになっていた。

その相手はすでに小座敷に上がっていて、熱いのを一杯やっていた。火鉢にはちょうどいい具合に、軍鶏鍋がぐつぐつと煮えている。甘い香りがたちまち栄三郎の腹を鳴らせた。

「はッ、はッ、取り付く島がないというのはこのことだな。はッ、はッ、まったく面目《めんぼく》ねえや……」

小座敷へ上がってきた栄三郎を見るや、先客は豪快に笑った。

その笑い声は、つい最前聞いたものである。

栄三郎が落ち合うことになっていた相手とは、仙蔵の父・伊兵衛であったのだ。

栄三郎はあんな風に追い返されてもまるでめげない伊兵衛を少し呆《あき》れ顔で見て、ふっと笑った。

栄三郎は昨日のうちに、馬喰《ばくろ》町の旅籠《はたご》に入った伊兵衛と密《ひそ》かに会っていたのである。

というのも――。

一月《ひとつき》ほど前に、旅の空の師・岸裏伝兵衛から一通の文が届いた。

盛岡《もりおか》でおもしろい男に出会ったというものである。

その日、伝兵衛は城下に投宿した。

盛岡に着いた時にはすっかりと日は暮れていて、歩きづめに歩いたので、体は疲れていた。

それで旅籠の主《あるじ》には、

「今日はゆっくりと休みたいので、すまぬが静かな部屋を、な」

と頼んで、夕餉《ゆうげ》もそこそこにすぐに床《とこ》についたのだが——。

やがて隣《となり》の部屋から、恐ろしく下手で調子外れの義太夫節《ぎだゆうぶし》が聞こえてきた。

響きがよければ子守唄の代わりにもなるが、語り具合があまりにも粗《あら》く、悪声ときているから、いくら武芸の修練を積んだ伝兵衛も、これを聞きながら眠られるものではない。

——まったく困ったものだ。

文句を言ってやろうかとも思ったが、下手くそながらも、その義太夫にはえも言われぬ愛敬《あいきよう》があり、声の主《ぬし》は悪い男でもないように思える。

そこは優しい伝兵衛のことである。

剣客《けんかく》の自分が乗り込めば、隣の男もせっかくの旅の一夜を萎縮《いしゆく》したまま過ごすことにもなりかねぬと思い、そっと旅籠の主を呼び出し、義太夫だけはやめてもらうように話をつけてくれと頼んだ。

「あいすみませんでございます……」

宿の主は平謝りであった。

相手は剣客である。静かな部屋をと頼まれたもののこの始末では、ばっさりと真っ二つにされるのではないかと思ったのであろう。

慌《あわ》てて隣室にかけ合いに行ってくれた。

するとすぐに義太夫はやみ、隣の客が謝りに来た。

「いや、申し訳ありやせん……。一人で飲むのも何だか寂しくて飯盛《めしもり》を呼んだのがいけやせんでした。こいつがまたなかなかの勧め上手でございまして、あっしは三合までなら何てこともねえんですが、それを越しちまうと、やたら楽しくなってきましてね。習い覚えの義太夫をつい語っちまいましたが、やっぱり〝妹背《いもせ》山《やま》〟の〝山の段〟は、ちょいとばかしあっしには荷が重うございましたね。へい、先生は何がお好みで……」

これでは謝りに来たというよりも、暇潰《ひまつぶ》しに話をしに来たという様子だが、陽気で裏表のない隣客はなかなかに憎めない男であった。

歳《とし》も自分と同じくらいであるし、

「おぬしの義太夫好きはわかったが、おれも今宵《こよい》は付き合《お》うてはやれぬゆえ、またの機会に聞かせてもらおう」

伝兵衛は穏《おだ》やかにその来訪に応《こた》えてやった。

「はッ、はッ、こいつはお詫《わ》びを言いに来たつもりがまた無駄口を叩いてしめえやした。勘弁して下さいまし。へい、ごめんなすって」

隣客は鷹揚《おうよう》に迎えてくれた伝兵衛の人となりに感激の面持《おもも》ちで、また自分の客間へと戻っていった。

旅籠の主はそんな調子のいい隣客を、彼もまた憎めないと思ったか、〝勧め上手〟な飯盛女を帰した後は、自らが酒の相手を買って出た。

――宿の主が酒の相手をしてやるとなれば、もう下手な義太夫に悩まされることもあるまい。

伝兵衛は心穏やかに再び床についた。

旅の疲れがたちまち睡魔となって絡《から》みつき、伝兵衛を安らかな眠りに誘《いざな》った。

しかし、それも束《つか》の間《ま》。

ガタゴトという部屋の震動に、すわ地鳴りがしたかと伝兵衛はとび起きた。

しかし、天変地異《てんぺんちい》の類《たぐい》ではない。

この震動の源《みなもと》はどうやら隣室のようである。

——宿の主は何をしておる。

いい加減にしろと太い息を吐《つ》くと、隣の声が聞こえてきた。随分と興奮した響きである。

「まずこんな風にぶつかりあったかと思うと花岩《はないわ》が前みつをとった！」

「すると里錦《さとにしき》は上手《うわて》を引きつけて迷わず寄る！」

「だが花岩も負けちゃあいねえ……。のこった、のこった！」

「のこった、のこった！」

どうやら、隣客と旅籠の主が相撲《すもう》を取っているようだ。

木乃伊《ミイラ》取りが木乃伊になったらしい。

——まったくけしからん。

だが不思議と笑いがこみあげてきた。

とにかくどんな取組か見てやろうと、伝兵衛は廊下に出た。

何事かと、旅籠の女中も他の客も廊下に出てきはじめたが、皆一様に落ち着いた物腰のいかにも強そうな剣客の存在を確かめ、ほっと安堵《あんど》の色を浮かべている。

「おれに任せておけ」

と一同に目で語りかけ、伝兵衛が震源地の前に立ったその時――襖《ふすま》を突き破って、隣客と主が転がり出て来た。

「こ、これは申し訳ございません。あの、その、相撲の話をするうちについ調子にのりまして……」

我に返って平身低頭の主の横で、

「またやっちまった……。面目ねえ……」

今度はさすがにしゅんとした隣客の様子がますますおかしくて、

「今のは深川八幡宮《はちまんぐう》の勧進《かんじん》相撲、花岩と里錦の取組であろう。寄り倒して花岩の勝ちだ」

と言って伝兵衛は高らかに笑った。

一瞬、きょとんとした後、何と話のわかる旦那《だんな》なんだと満面に笑みを湛《たた》えたこの隣客こそ、鋳物師の伊兵衛であったのだ。

体の疲れもどこかへとんでしまった伝兵衛は、その夜は伊兵衛と酒を酌み交《か》わして、大いに語り合った。

茶釜《ちゃがま》を作らせたら右に出る者はいないと、一部の好事家《こうずか》から評されながら、なおも自分の腕に満足がいかず、全国を鋳物行脚《あんぎゃ》し始めたという伊兵衛――。

岸裏伝兵衛もまた、江戸の本所番場《ほんじよばんば》町に己が道場を構え、気楽流にこの人ありと言われた剣客であったものを、同門の俊英・飯塚徳三郎《いいづかとくさぶろう》が先年武者修行に出て大いに名声を轟《とどろ》かせたことに刺激を受け、あっさりと道場をたたみ、ただ一人で廻国《かいこく》修行の旅に出た男であった。

どこまでも己が道を追い続けるその思いに相通ずるものを覚えたのである。

さらに、伊兵衛は妻子すら残して旅に出たまま十五年を過ごしたというのであるから凄《すさ》まじい。

盛岡の旅籠で泊まり合わせて数日の間。

伊兵衛は南部《なんぶ》鉄器の製法を見て廻《まわ》り、伝兵衛は数軒の剣術道場を訪ねた。

そして、それぞれ宿に戻ってきては今日の成果を語り合ったのだが、いよいよ盛岡を発《た》つ段になって、伊兵衛は己が修業にやっと手応えを覚え、いよいよ江戸へ戻るつもりであることを打ち明けた。

しかし、帰るにあたって気にかかるのは息子の仙蔵と娘のお七のことである。

伊兵衛が江戸を出て五年目に、あれこれ苦労が崇《たた》ったか、お仲は風邪をこじらせたかと思うと呆気《あっけ》なくこの世を去った。しかし、気儘《きまま》な旅を続ける伊兵衛には、文の行き違いなどでお仲の死が一年近くの間伝わらず、やっと京の宿でこれを知った時、もう家に戻ってくれなくていいという仙蔵の文が新たに届いていた。そして帰るに帰れず長い年月がたったのだ――。

今はどうしているかは知らぬが、仙蔵は子供の頃から利《き》かぬ気で、訪ねたところで追い返されるのがいいところであろうと思われる。

今さら父親面《づら》するつもりもないが、江戸へ戻れば訪ねぬわけにもいくまい。詫びねばなるまい……。

どこまでも能天気な伊兵衛にも、さすがに十五年の歳月は重くのしかかったと見える。

独り身を通すことで道を求め続けた岸裏伝兵衛と違って、女房子供を持ちながら、己が好き勝手を通した伊兵衛は責められるべきかもしれないが、これからさらに名人と呼ばれる鋳物師になるならば、子供二人とてその恩恵にも与《あずか》れよう。

伊兵衛はこの十五年の間、遊び呆《ほう》けていたわけではないのだ。

このところ人へのお節介が楽しくて仕方のない伝兵衛は、江戸へ着いたらまず秋月栄三郎という男に会うように伊兵衛に勧め、自らは長文の手紙を栄三郎に送った。

文を一読するや、栄三郎はすぐに伊兵衛の息子・仙蔵に近付き、伊兵衛の江戸来着を待った。他ならぬ剣の師・伝兵衛の頼みとなれば是非《ぜひ》もない。

伊兵衛の幸せに一肌脱ぐつもりであった。

それに、伝兵衛からの文を読むに、鋳物師の伊兵衛は随分と破天荒《はてんこう》でおもしろそうな男である。

この先の展開が楽しみではないか。

伊兵衛が気にかける息子の仙蔵は、確かに利かぬ気に充《み》ちあふれた男ではあるが、苦労人らしく人への気遣いができるなかなかの好男子である。

娘のお七は兄想いで、三つの時に別れた父親への憧憬を胸に秘めていることが、言葉の端々から窺《うかが》い知れる。

僅《わず》かの間の付き合いではあるが、栄三郎には、この兄妹と伊兵衛という師・伝兵衛の友人を、何とかうまく結びつけてやりたいという思いが日毎《ひごと》湧《わ》き起こってきたのである。

伝兵衛からの便りの通り、遂《つい》に江戸へ戻った伊兵衛を馬喰町の旅籠〝いしい〟に栄三郎が訪ねたのが昨日のこと。

互いに伝兵衛を通じてその人となりを聞いていて、随分と興味を持っていた相手だけにたちまち話がはずんだ。

明るくて能天気で酒好きだが、己が生きる道には妥協《だきよう》がない――伊兵衛はいかにも岸裏伝兵衛が好みそうな男であった。

「明日は鞴祭ですから、ちょっとは仙さんの気分もほぐれているかもしれませんよ。まずわたしが訪ね、ちょっとしてから親方が訪ねてくれればよろしかろう。今日までの様子では、仙さんは聞く耳持たず、親方を追い返すかもしれないが、その場にわたしが居合わせれば、後々何かとやりやすい……」

栄三郎は伊兵衛を親方と呼び、言葉遣いにも敬意を込めた。

これは師・岸裏伝兵衛の知り人であるからというだけではなく、野鍛冶の倅である栄三郎の職人、匠《たくみ》に対する敬意の表われでもある。

もっとも、煙管師《きせるし》の鉄五郎のように、憎まれ口を利くことで親交を深められる相手もいるのだが、伊兵衛には酔っ払って旅籠の主人と相撲を取るような稚気《ちき》もあるものの、十五年の間我が道を極《きわ》めに旅をしたことで独特の威風《いふう》が身に備わっている。

「何事も〝取次屋〟さんの言う通りにしておきますよう」

伊兵衛は岸裏伝兵衛の高弟というだけで、もう栄三郎を信じ切っている。

そして、今日の仕儀となったわけなのだが——結果は件《くだん》の通りとなった。

「まあ、初めから許してもらおうなんて思っちゃいねえし、とにかく二人とも達者にしている様子が見られてよかったってもんだ。栄三さんがいてくれたお蔭《かげ》で、仙蔵もあれくらいの怒り方で済ませたのに違《ちげ》えねえや。下らねえ親子のやり取りに付き合ってくれて、すまなかったねえ……」

とにもかくにも江戸へ戻ってきた。

これからは、同じ町の中で二人の子供が暮らしている……。その想いだけで満足だと伊兵衛はさっぱりとした表情を浮かべた。

「なに、もう少し時がたてば、仙さんの気持ちもほぐれてきますよ」

栄三郎はそれに対して事もなげに言ったが、内心では仙蔵が思った以上に頑《かたく》なな心をくずそうとしないので、少しどころではなく、長い確執の始まりであるような気がして、伊兵衛のように笑ってはいられなかった。

一旦、間に入ってしまった限り放ってはおけない。この先、頭痛の種にはならないか——。

こういう時は雨降って地固まるのごとく、何か起こればそこから一気に雪解けといくのであろうが、たとえば伊兵衛が余命いくばくもないとか嘘《うそ》をついて一芝居打ったとして、これが不調に終われば火に油を注ぐことになる。

そもそもこの伊兵衛には悲愴《ひそう》感が漂《ただよ》っていない。

そこがまた仙蔵にしてみれば、腹だたしさが増すのであろう。

あとはお七とうまく語らって、伊兵衛と仙蔵の溝を埋めていくしか手はなさそうだが、お七とて嫁入り前の身である。あまり騒ぎに巻き込むわけにはいかない。

気を揉《も》む栄三郎の心の内を知ってか知らずか、軍鶏鍋の湯気の向こうに浮かぶ伊兵衛の様子は真《まこと》に飄々として泰然《たいぜん》自若《じじやく》たるものである。

伊兵衛の好物だという軍鶏の身は、引き締《し》まっていて絶妙に出し汁が染《し》み込んでいる。

これを嚙《か》みしめつつ栄三郎は、今日の屈託などまるで忘れたかのように語り始めた伊兵衛の旅の思い出話にやがて聞き入ってしまった。

――まあいいや。この親方の十五年分の旅の話を聞き終わる頃にはあれこれ手立ても思い浮かぶだろう。

長丁場の取次を覚悟した栄三郎であったが、〝雨〟は思わぬ所から降ってきた。

名人・伊兵衛の江戸帰還がどれほどの意味を持っていたか、この時の栄三郎には知る由《よし》もなかったのである。

三

「どうでございますか……」

「う～ん……」

「やはり、お気に召しませんか」

「悪くはない」

「悪くはないが、何がいけねえんでしょう」

「茶釜の出来としては悪くはないが、どうも面白味にかける」

「そう言われましても、わたしにはその面白味というのがよくわかりません……」

「わからないかねえ……」

「教えてはもらえませんか……」

「面白味というものを教えてもらいたい……。お前さんのそういうところがもう面白味にかけるというものだ」

「へい……」

「理屈ではないんだよ、こういうものは。お前さんのお父つぁんは、とんでもなく世話の焼ける男だったが、どんな鋳物にもはっとするような華《はな》やかさがあった」

仙蔵は、憎むべき父・伊兵衛を引き合いに出されて、むっとして沈黙した。

十五年ぶりに帰ってきた父親を、けんもほろろに追い返してから数日後のこと。

仙蔵の築地の仕事場に、古道具店〝中黒屋《なかぐろや》〟の主・益右衛門《ますえもん》が訪ねて来た。

中黒屋は代々の古道具屋で、益右衛門は茶器の目利きとしては世に知られた男で、大名、旗本、豪商に出入りしている。

かつては伊兵衛が作る釜を大いに評し、伊兵衛を中黒屋専属の釜師にしようとしたが、自由にして勝手気儘《きまま》な伊兵衛は、風流人と称しながら目利きとして世に名を知らしめようと、権威ある者におもねる益右衛門を快《こころよ》く思わず、すぐに二人の関係は決裂した。

その後ほどなく、伊兵衛はいつ戻って来るやもしれぬ旅に出た。

自分に従っておけば、名だたる茶人の許《もと》へ出入りが叶《かな》ったというのに、何の未

練もなく江戸からいなくなった伊兵衛を益右衛門は憎んだが、このところはその息子の仙蔵がなかなかいい腕だと聞き及び、

「おもしろい茶釜を拵《こしら》えれば、松浦壱岐守《まつらいきのかみ》様へお勧めしましょう」

訪ねてすぐ、仙蔵の腕に手応えを覚えてこう言った。

松浦壱岐守というのは肥前平戸《ひぜんひらど》で六万石《ごく》余を領する大名で、先頃隠居したのであるが、号を静山《せいざん》といい風流人として名高い。

松浦家は鎮信《ちんしん》流という茶道の流派を有し、代々当主がこの宗家を務めるのが常であった。

それゆえに、数ある釜師をさしおいて、ここへ茶釜を納めることができることは、鋳物師としての名をあげる絶好の機なのである。

仙蔵は大いに刺激を受け、このところ一心不乱《いっしんふらん》に茶釜作りに励んだのだが、その結果が、

「面白味がない……」

と評されることになってしまったのだ。

しかも、益右衛門は父・伊兵衛とはあまりいい別れ方をしていないはずであろうに、〝どんな鋳物にもはっとするような華やかさがあった〟などと、職人とし

ての腕を認めている。

「悔しいけれど、あの馬鹿野郎の腕は大したもんだ……」

そんな言葉を人の口から吐かせられたら、職人冥利《みょうり》に尽きるというものだ。

三十歳になって、その称賛を父から奪えないもどかしさが仙蔵にはこたえたが、この悔しさが同時に彼の負けぬ気に火をつけた。

「中黒屋さん、今度お目にかかる時を楽しみにしていて下さいまし……」

と、すぐにまた新しい茶釜を拵えてみせると誓ったものだ。

それに対して、

「まあ、仙蔵さんの腕ならこの先仕事に困ることはありますまい。焦らずじっくりと腕を磨《みが》くことですな」

まだ茶釜をいくつも作ったわけではないのだ。気にせずにこの先励んでくれと、益右衛門は言い置いて帰った。

だが、益右衛門にとっては、この先の仙蔵の頑張りなどどうでもよいことであった。

当代有数の目利きである彼が、わざわざ仙蔵に目をつけたのには特別な思惑があった。

それは、もしや仙蔵が父・伊兵衛の作風を受け継《つ》いでいるのではないかという淡い期待であった。

もはや顔も見たくないはずの伊兵衛ではあるが、今にして思えば、あの酔いどれ鋳物師にしかできないことがあったと、益右衛門は近頃になってその腕を惜しんでいたのだ。

それゆえ、もしやと思ったが、やはり十五の時に別れた仙蔵に、伊兵衛の作風が残されているはずはなかった。

松浦家へ推挙することをちらつかせて仙蔵に試作品を作らせてみたのだが、その茶釜は、

――まあ、中の上というところか。

そして伊兵衛の茶釜とは似ても似つかない。

なぜか今頃になって堪らぬほどに伊兵衛の茶釜を恋しがる……。そんな益右衛門に朗報が届いた。

店へ帰ると、

「あの伊兵衛が、江戸に戻っているようにございます」

番頭が待ち構えていてそう告げたのだ。

早速、益右衛門は伊兵衛の行方《ゆくえ》を捜し求めて、彼が馬喰町の〝いしい〟という旅籠に逗留《とうりゅう》していることを確かめて、息子の仙蔵を訪ねた二日後の朝早くに、今度は〝いしい〟に伊兵衛を訪ねた。

「おや、お前さんが訪ねてくれるとは嬉しいねえ……」

口ではそう言ったものの、十五年ぶりに顔を合わせた益右衛門に対して、いつもの伊兵衛の人懐こい笑顔はなかった。

「喜んでもらえて何よりだ……」

腹に一物《いちもつ》あるのは明らかだが、益右衛門もそこは海千山千《うみせんやません》の男である。過ぎし日のわだかまりを呑みこんで、笑顔さえ見せた。

「あんたのその笑った顔が曲者《くせもの》だ」

江戸へ戻ってからというもの、嫁入りを控えた娘・お七のことを気遣い、伊兵衛は三合以上の酒を飲まずにいたゆえに、朝から頭は冴《さ》えている。

突然の益右衛門の来訪にも騒がずに、じっくりと受け答えをした。

「これは御挨拶《あいさつ》だね。お前さんには文句の一つや二つ言いたいところを、こうやって穏やかに話しているのだけどねえ……」

「十五年もたったんだ。昔のことは大目に見てやってくんねえ」

「ああ、そのつもりだが、ほんの少しでも、この益右衛門に悪いことをしたと思う気持ちがあるのなら、昔の誼《よしみ》だ。わたしの頼みを聞いてもらいたいのだが……」

「申し訳ねえが、おれは中黒屋さんにいけねえことをした覚えなど、心に残っちゃあおりやせんよ」

「心に残っちゃあいない……」

ふざけたことを吐《ぬ》かしやがってと憤《いきどお》りつつも、益右衛門は笑みを絶やさず、真っ直ぐに伊兵衛を見た。

「そっちには残っていなくても、こっちには残っているんだ。悪い話ではありませんよ。是非とも聞いてもらいたい」

「こっちも聞く耳を持たぬとは言っておりやせんよ」

伊兵衛は益右衛門が一筋縄《ひとすじなわ》ではいかない男であることをわかっている。江戸にいればいつかは益右衛門から何か言われるであろうことは承知の上だ。それにこの十五年の間にこの欲張りな男にも、昔を懐かしむ穏やかな人となりが形成されたのかもしれないと、ひとまずは話を聞くことにした。

「この伊兵衛に頼みとは何ですかい」

「茶釜を拵えてもらいたい」

益右衛門は静かに言った。

しかしその目は、十五年間の埋め合わせをしてもらおうではないかと叫んでいる。

――この男は変わっちゃいねえ。

それでも、江戸で有数の茶器の目利きである中黒屋益右衛門の、茶釜に対する厳しい鑑識を知るだけに、江戸へ戻ってすぐにこの男から茶釜を注文されるのは鋳物師の気持ちとして悪いものではない。

「茶釜をな……。この十五年の間、どれだけの技を掴んだか、見てやろうというのかい……」

と問い返した。

「いやいや、そんな御大層なことは申しませんよ。もちろん、お前さんしかできない茶釜を作ってもらうことには違いないが」

益右衛門はニヤリと笑った。

四半刻《とき》（三十分）の後――。

馬喰町の旅籠〝いしい〟の表で、伊兵衛の様子を見に来た秋月栄三郎は、旅籠から出て来る古道具店・中黒屋の主・益右衛門とすれ違った。

「あれは確か古道具屋の主ではなかったか……」

栄三郎と益右衛門はそれぞれに伊兵衛、仙蔵の間を行き来しているのだ。二人がすれ違うことは自然の成り行きであった。

益右衛門は栄三郎のことを覚えていないようであるが、以前、仙蔵の家の前で見かけた時、

「栄三先生、中黒屋の旦那に茶釜を作ってみねえかと言われたよ」

と、仙蔵が興奮気味に言っていたので栄三郎は覚えていた。

「親方に会いに来ていたのじゃあないのかい。あの古道具屋の主は……」

早速、部屋に伊兵衛を訪ねた栄三郎は訊《き》いてみた。

「何でえ、栄三先生は中黒屋を知っているのかい」

伊兵衛はちょっと驚いて栄三郎を見たが、仙蔵の家の前ですれ違って、仙蔵からあれこれ聞いて知っているのだと聞くと、

「いけすかねえ奴だが、あいつが訪ねてくるってことは、仙蔵の腕もそれなりのものになったってことだな……」

と、少し感慨《かんがい》深げに言った。

だが、伊兵衛の顔色はすこぶる悪かった。

「親方にはいったい何の用で……」

栄三郎とて取次屋として色々な人を見てきている。

あの中黒屋益右衛門という男に独特の〝灰汁《あく》〟があることは、一目見た時からわかっていた。

それだけに何やら気になる。

「いや、ちょいと仕事を頼まれてね……」

「中黒屋は古道具屋だと聞いているが、新たな道具を拵えさせる口利きもしているのですねえ……」

「ああ、目利きだけでなくて、口利きもしている忙しい男なんですよう」

「で、引き受けたのですかい」

「ヘッ、ヘッ、あまり気が乗らねえんだが、茶釜をね。益右衛門は好きになれねえが、あの男にはちょっと迷惑をかけたこともあるし……。ヘッ、ヘッ、腕を慣らすにはちょうどいいかと思ってね……」

何か企《たくら》み事が知れてしまったことを言い訳するような口調であった。

その茶釜作りにはちょっとした曰《いわ》くがあるのかもしれない。

嘘をつけない性分《しょうぶん》の伊兵衛のことである。その曰くを糊塗《こと》すればするほど、聞いている方は気にかかる。

しかし、伊兵衛と仙蔵それぞれの許に出入りする者の出現は、二人の間を繋《つな》ごうとしている栄三郎にとってありがたいことでもある。

伊兵衛が栄三郎に隠そうとしている何かが、父子の雪解けのきっかけになることもある。

〝曰く〟を知ることには少し危険な香りが漂うが、それを克服することが、取次屋の堪らぬ魅力であるのだ。

「それで親方、いつから仕事にかかるんです」

栄三郎はまったく何も気付かぬふりをして、十五年ぶりの江戸での初仕事をただ無邪気に祝福して尋ねた。

「ああ、三日ほどしてから、浅草の仕事場に通うことになりましたよ」

「そいつは楽しみだ。親方がどんないい茶釜を仕上げるか、見てみてえもんだなあ……」

栄三郎のその言葉に、伊兵衛は何とも言えない苦笑いを浮かべた。

――よし、この三日が大事だ。

栄三郎は満面に笑みを湛えつつ、心中密かに期していたのである。

四

栄三郎はすぐに動いた。

伊兵衛と別れてから、まず仙蔵を訪ねてみると――。

仙蔵は、父・伊兵衛との確執による屈託もどこへやらで、すっかりと上機嫌であった。

話を聞くに、肥前平戸の大名・松浦家の茶会に、仙蔵の茶釜が取り上げられるよう、中黒屋益右衛門が口を利いてくれることになったというのだ。

「ほう……。そいつは大したもんだ。まったくめでてえことだなあ……」

栄三郎は手放しで喜んでやりつつ、ここでも益右衛門が登場することに、伊兵衛が受けた茶釜の注文と何かが繋がっているのではないかという思いが頭をよぎった。

以前、仙蔵から聞かされた中黒屋益右衛門の人となりは、茶器の目利きに関しては当代随一であるが、如才なさの裏側にかなりしたたかな思惑を秘めているような男であるというものであった。

「そういう中黒屋の主人が口を利こうというのだから、こいつはますますめでてえや……」

栄三郎は続けた。

「それが栄三先生、ちょっと狐《きつね》につままれたような話でしてね……」

益右衛門は自分の腕をそれなりに認めてくれたものの、習作の茶釜への批評は、

「面白味がない……」

と、ただ一言《ひとこと》に切って捨てられたので、まさかその舌の根も乾かぬうちに、茶会で取り上げられるよう口を利いてくれることになるとは思いもかけなかった、と仙蔵は言った。

――それならば尚更《なおさら》何かある。

伊兵衛の気性《きしよう》としては珍しく、いけすかない男である益右衛門の言うことを聞いて、茶釜を作ることを承知した。

すると、途端に仙蔵に、松浦家の茶会の話がきたのである。

深読みをすると、伊兵衛は倅のために益右衛門の頼みを聞き入れたのではなかったか。

しかし、新たに茶釜を作るだけのことであれば、あの日伊兵衛が栄三郎に隠そうとして隠し切れなかった屈託は何なのであろう。

それでも益右衛門からの言葉に、今は素直に喜んでいる仙蔵の心を迷わせたくはない。

栄三郎は、伊兵衛から別れ際に、しばらくは仙蔵との間に波風をたてたくないので、自分が益右衛門の頼みで茶釜を作るということは息子には言わないでもらいたいと言われていた。

その日は、十五年ぶりの父との再会に気が動転しているであろう仙蔵が気になって様子を見に訪れたということにして、伊兵衛の話などはせずに、

「中黒屋の主も、仙さんの腕を認めているからこそ、面白味がないなどと言ったんだろうよ。つまり、よい茶釜を仕上げるために、もう一踏ん張りしろということを伝えたかったんだな……」

と、励まして仙蔵の家を出た。

仙蔵を手伝うお七は、いつものように栄三郎を送りに出て、

「その後、お父つぁんは……」

と、小声で尋ねた。

兄・仙蔵の手前、何も言わないが、お七はずっと心の内で、また伊兵衛はいなくなってしまうのではないかという思いに胸を痛めている。

「ああ、今は馬喰町の旅籠にいて、達者にしていなさるようだ」

栄三郎は伊兵衛との交誼は伏せたまま、彼もまたお七の問いに小声で答えた。

「え？　もう、そんなことまで……」

「ははは、こっちも取次屋だよ。それくらいのことを知るのはわけもないさ」

そのうちに伊兵衛とは心やすくなって、必ず兄・仙蔵との間を取り次いであげるから心配いらないと、栄三郎はお七を安心させてやると、そのまま下谷《したや》へと出かけた。

鉄砲洲《てっぽうず》から船に乗り、大川へ出て柳橋《やなぎ》へ――。

そこからぶらりと道行くと、びっしりと御家人の屋敷が立ち並ぶ御徒町《おかち》に出る。

その練塀小路《ねりべいこうじ》に屋敷を構える、河内山宗春《こうちやまそうしゅん》という御数寄屋《おすきや》坊主に会いに行くのだ。

――面倒な男だが、こういう時は頼りになるから仕方がない。

江戸城に出仕する大名に茶を給したり、身の回りの世話をする茶坊主ながら、この辺りではその名を知られた暴れ者で、この男と一日付き合うと相当疲れる。

しかし、偉そうな奴に対する嫌悪という点で気の合うこの兄《あに》さんは、取次屋栄三にとって毒ではあるが強烈に効《き》く薬にもなる。

伊兵衛という鋳物師に近付く古道具屋・中黒屋益右衛門――この男は江戸で指折りの茶器の目利きだという。しかも、なかなかに生臭《なまぐさ》さが漂っている。

となれば、やはり宗春に尋ねるのが手っとり早かろう。

将軍家直参《じきさん》とはいえ微禄の茶坊主である。拝領屋敷といっても大したものではない。開け放たれた木戸門の向こうを覗《のぞ》くと三畳ばかりの土間玄関があり、上がった所で大胡坐《おおあぐら》をかいて家の外を睨《にら》むようにして眺めている宗春とたちまち目が合った。

「何でえ、栄三じゃねえか……」

退屈をしていたようで、宗春は栄三郎を認めると外へとび出してきた。

もう冬だというのに、きれいに剃《そ》りあげられた頭の額《ひたい》あたりには脂汗《あぶらあせ》がにじんでいる。

暇を持て余して、何ぞおもしろいことはないかとピシャリピシャリと入道頭を叩いてばかりいるうちに、熱を帯びてきたとみえる。

「ちょうどよかったぜ。誰かおもしれえ奴が通りかからねえかと思っていたところだ」

「近くを通ったから兄さんの御機嫌を伺《うかが》いに寄ってみたんだが、喜んでもらえたなら何よりだ」

「近くを通ったから機嫌を伺いに来ただと？　どうせおれからまた何かを仕入れに来やがったんだろう」

「へへへ、わかるかい。だが生憎《あいにく》、銭《ぜに》になる話じゃねえんだ」

「ふん、おれとお前の仲だ。構うもんかい。一杯呑ませろ。それでおれの舌もよく回るってもんだ……」

栄三郎は、上野山下《うえのやました》の〝植《うえ》むら〟という料理屋へ宗春を誘った。

この店の入れこみの奥の四畳半ばかりの小座敷が、河内山宗春お気に入りの酒場であるのだ。

「中黒屋益右衛門か……。恐らく奴は何か企んでいるぜ……」

やがて酒が入って、栄三郎から話を聞くや、宗春の眼がぎらりと光った。

栄三郎は妙な隠し立てはせずに、師・岸裏伝兵衛に頼まれて鋳物師・伊兵衛とその息子・仙蔵に春の雪解けをなさしめんと奮闘しているという現状を話し、そこに絡んでくる中黒屋益右衛門の噂を訊いたのであるが、宗春は案に違《たが》わず益右衛門のことをよく知っていた。

「奴は惜しい男だぜ。茶道具についての薀蓄《うんちく》はそりゃあ大したものだし、益右衛門のお蔭で世に出ることができた職人もいる」

仙蔵も、益右衛門にかかれば、一流の鋳物師に仕立て上げられるかもしれないと宗春は言う。

「だがな……。益右衛門の野郎はまるじるし、、、、（金《かね》）への執着が強すぎていけねえ」

それも、古道具商として、高額な名品などを取り引きしなければならぬゆえの方便であるのだろうが、金儲《もう》けの仕方に問題があるようだ。

「こいつはおれだから知っていることだがな……」

宗春は煮しめを頰張った口の中に、汁椀《しるわん》に充《み》たした酒を流し込んでニヤリと笑った。そんな話をするのはお前だからこそ――宗春はちょっともったいをつけてから、

「益右衛門の野郎、時たま偽物《にせもの》を大尽《だいじん》連中に売りつけてやがるんだ……」

と、栄三郎に語った。

たとえば茶碗や茶釜、茶杓《ちゃしゃく》、茶筅《ちゃせん》に至るまで、これは寡作《かさく》のまま亡くなってしまった名人が遺《のこ》していた逸品であると、益右衛門が遺族と語らって目利きをするのだ。

名人として名を遺しつつ、寡作のまま死んでしまった職人の遺族には、金に困っていたり、もう少ししっかりと働いてくれたらよかったのにと悔しい思いをしている者も多い。

その感情につけ入って、これはどこそこで見つかった茶釜でございますが、確かに先頃お亡くなりになられた、この家の主様のお手によるものではござりませなんだかな……。

などと礼金をちらつかせて話をすれば、大概の家人は遺作だと認める。

そしてこれを物好きの大尽に高値で売りつけるのだ。

「なるほど……。そいつはうめえもんだな。だが、偽物と言ったって、偽物と見《み》紛《まが》うくれえの出来でなけりゃあ通じまい」

栄三郎は感心しつつ宗春に問うた。

「ああそうだ。そこが益右衛門の大したところだ。奴は、これから世に出て行こうっていう職人の噂を聞くと、まずそいつの腕を見極めて、できそうなことが見つかれば持ちかけるんだ。お前さん、腕試しをしてみねえかってな」

名人の作と見紛う物が出来れば自信に繋がるし、まとまった金も手に入る。何といっても天下に名高き目利きの益右衛門がついているのだ。まず偽物と露見することもなかろう。

金をふんだくる相手は、道楽にいくらでも金が注ぎ込める大金持ちばかりであるのだ。さして良心も痛まない。

その上に、益右衛門にとって何よりも好都合なのは、偽作を作らせた職人達とは切っても切れぬ仲になれることだ。

実力のある職人達が、その後世に出ていくことは明らかだ。すなわち、益右衛門の無理を聞いてくれる名人が次々と増えていくのだ。これほどのことはない。

「まあ、道楽者の御大尽から金をふんだくってやるなんざ、なかなかおもしれえ奴なんだが。そこできれいに忘れてしまえばいいものを、職人達には手前が大きくしてやったんだとばかりにその後も恩を着せるのが、おれはどうも気に入らねえ……」

偉そうな奴から金をまき上げるのは、河内山宗春の最も得意とするところであるから益右衛門には一目置いているものの、悪事というものはからりと乾いていなければばならない——。

それが宗春の信条だけに、宗春にとっては、近頃少し腹だたしい相手なのだという。

「中黒屋益右衛門は、そういう男だったのかい……。それにしても兄さんは、どうしてそんなことまで知っているんだい」

宗春に尋ねれば、何かおもしろいことが知れると思ったが、こんなことまで聞けるとは思わなかった。

神妙に頷いてみせる栄三郎に、

「それが面目ねえ……」

宗春はふっと笑った。

「随分と前に、おれは博奕《ばくち》の負けがこんで、首が回らなくなったことがあってな。そん時に、益右衛門の口利きでさる御大尽に偽の茶碗を売りつけたことがあったのさ」

「てことは、元々、このからくりを考えたのは兄さんてことかい」

「そういうことだ。だがあの益右衛門の野郎、その後何度か同じ手口で稼えでやがるくせに、おれに一銭もよこそうとしねえ。まあ、奴のお蔭で借金払いができた昔もあったから、黙ってみちゃあいるが、奴があんまりあこぎな真似《まね》をしやがったらそのままじゃおかねえ。栄三、何かあったら言ってきな、おれも一肌脱ぐぜ」

「そいつはありがてえ、兄さんがそう言ってくれるのなら大船に乗った心地だ」

「お前が岸裏先生から頼まれているっていう、伊兵衛って鋳物師の名には聞き覚えがあるぜ」

「そうなのかい」

「確か、十五年くれえ前に、益右衛門が大した茶釜を作る鋳物師がいると言って、加賀《かが》の前田《まえだ》様の江戸留守居役に引き合わせたところ、その鋳物師が酒の席で酔っ払って裸踊りを始めて、益右衛門の野郎、出入り差し止めを喰《く》らったことがあったはずだ」

「それはまさしく伊兵衛のことだ。酒は三合をすぎるといけなくなるそうだ。恐らく何か気に入らねえことでもあったのに違《ちげ》えねえ」

「ふッ、ふッ、おもしれえ男じゃねえか。栄三、お前、肩入れしてやりな……」

五

それから二日がたって、いよいよ伊兵衛が、中黒屋益右衛門からの頼まれ仕事を始めに、浅草の仕事場に通うかという頃――。

栄三郎は、築地南小田原町に仙蔵とお七を訪ねた。

「仙さん、お七ちゃん……。今日はこの秋月栄三郎、詫びと願いに参った。黙って聞いてはくれぬかな」

栄三郎は武家の口調で威儀を正した。

平生はくだけていて、親しみやすさに溢《あふ》れている栄三郎である。

彼が武士らしく振る舞うと、誰もがいったい何事かと真剣な表情になって栄三郎に向き合うことになる。

「ちょっと待っておくんなさいまし。先生の頼みとあれば、どんなことでもお引き受け致しますが、詫びて頂く覚えはまるでねえんでございますが……」

仙蔵は畏《かしこ》まり、横でお七も兄の言葉に何度も頷いた。

「この栄三郎には大恩を受けた岸裏伝兵衛という剣の師がいるのだが、今は旅に出ておいでの先生から少し前にこのような文が届いたのだ」

栄三郎は仙蔵に、伝兵衛からの文を差し出して、読むように促《うなが》した。

さしたる教養はないが、職人の心得として読み書きだけはしっかりと学んできた仙蔵である。伝兵衛の筆遣いもわかりやすく、仙蔵はたちまち読み終えると、これを傍《かたわ》らのお七に渡し、自らは何とも言えない表情を浮かべて少しの間俯《うつむ》いて栄三郎に答える言葉を探していたが、

「そうでしたか。それで栄三先生は、あっしの様子を見に来てくれたのですか……」

と、溜息《ためいき》混じりに言った。

その時にはお七も文を読み終えていて、少しおどおどとした様子で、栄三郎と仙蔵のやり取りを見つめていた。

「仙さんと親しくなりつつ、江戸へ戻って来た伊兵衛さんとも会っていたのだ。そのことを黙っていてすまなんだ。許してくれ」

「いえ……。親父の方が、岸裏先生にも栄三先生にも迷惑をかけたようです。許すも許さねえもねえが、栄三先生が詫びることがあるとおっしゃいやしたのはこのことで……」

仙蔵はすでに栄三郎の人となりに心服していたから、そのお節介に腹は立たなかった。

それゆえ、答える声音も穏やかであった。

「そういうことだ……。すまなかった」

もう一度頭を下げる栄三郎に、仙蔵は恐縮しつつ尋ねた。

「では、あっしに頼みたいこととは、いってえどんなことで……」

その答えが、父・伊兵衛との和解であることは文を読めば明らかだが、仙蔵はやはり素直にはなれなかった。

父は自分達兄妹のことを十五年の間、忘れてはいなかったようだ。

秋月栄三郎の師である岸裏伝兵衛が、伊兵衛の幸せを望んでわざわざ栄三郎によろしく頼むと文を送ったということは、父にも言い分があるのであろう。

昨日とて、伊兵衛は、仙蔵が中黒屋益右衛門の口利きで、松浦家の茶会のために茶釜を拵えることになったのを聞きつけ、

「仙蔵、よかったじゃねえか！　よし、茶釜の拵え方を見てやろう」

と言って来たのだが、やはりそんな父が疎《うと》ましくてならずに、

「あんたなんかに教えてもらわなくっても結構だよ。十五の時からおれは自分で

鋳物をこなしてきたんだ。その甲斐《かい》があって中黒屋さんから声がかかったんだ。放っといてくれよ」

仙蔵は再び伊兵衛を追い返していた。

いかに栄三郎が自分のこと、お七のことを想い、父・伊兵衛との間に入ってくれようとしていたとて、仙蔵は伊兵衛を父として迎えたくはなかった。

人生を、ただ己が鋳物師としての向上心にだけ投じて女房子供を捨ててしまった男が作る茶釜より、自分はいい物を作ってやる。

母と妹のために働き、鍛《きた》えてきた鋳物の腕が、あんないい加減な男に劣るわけがない。

その思いで生きてきた自分が伊兵衛を認めることは、この十五年間の己が生き方を否定することに等しいと仙蔵は思っている。

栄三郎が自分に頼みがあると言ったとて、素直に聞けるはずがない。

兄・仙蔵のやり切れぬ思いを知るだけに、お七はやはり兄の傍《そば》に立って見守るしかなく、ただ沈黙を守った。

栄三郎はしかし、何と言おうが仙蔵の心の扉が伊兵衛を前にしては決して開かないであろうことは予測していたし、仙蔵が伊兵衛の二度目の訪問をはねつけたこともすでに知っていた。

栄三郎は河内山宗春を訪ねてすぐに、伊兵衛が逗留する馬喰町の旅籠〝いしい〟に、まだ伊兵衛に顔を知られていない又平を投宿させていた。

それによって、又平は伊兵衛の行動にぴたりと密着して絶えず聞き耳をたてていたのである。

「仙さんの気持ちはよくわかっているつもりだよ」

栄三郎は、いつものごとく人を惹《ひ》き付けるこぼれんばかりの笑顔を向けた。

「おれの願いとは、何もおれの目の前で伊兵衛さんと会って、手打ちをしろなどというものではないのだよ」

だが、栄三郎自身、伊兵衛の人となりを気に入っているし、仙蔵、お七に対する想いも伝わってくる。おまけに師・岸裏伝兵衛への面目もあるので、このまま放ってもおけないのだと、困った表情を笑顔に含ませた。

「そうでございますよねえ……。栄三先生のお立場もありますよねえ……」

父に対しては意地を貫《つらぬ》きたいが、栄三郎の面目も立ててあげたい。どうしたらいいのかと、元来気持ちのいい男である仙蔵は、申し訳なさそうな目を向けてきた。

少々迷惑とも言える剣の師からの文を、ここまで大事にして動き回る栄三郎の優しい気持ちは、感動的でさえある。その思いが仙蔵の心をほぐし始めていた。

「おれにはどうも、仙さんの親父さんが、あれこれと隠し事をしているのではないかと思われて仕方がないのだ」

栄三郎はここぞと膝《ひざ》を詰めた。

「隠し事……。あの親父が……」

「伊兵衛さんには、十五年もの間、女房子供を捨てちまったという後ろめたさがある。その後ろめたさが、色々なことを言えなくしている……。おれにはそんな気がするんだよ」

「あっしにはよくわかりませんが……」

「わからぬかな」

「へい。十五の時に別れるまで、親父の思い出というと、酒に酔って馬鹿っ話ばかりをしている姿しか浮かんできませんからねえ……」

「なるほどな……。だが仙さんも三十の男だ。酒に酔って馬鹿っ話ばかりしていた男の裏側を覗《のぞ》き見ることができる歳になったはずだ」

「そりゃあ、十五の時と比べたら……」

「覗いてみねえ」

栄三郎はいつものくだけた口調に戻った。

「自分の父親のことを何も知らずに生きていくのはつまらねえよ。ましてや、あんなに味わいのある男のことを……」

仙蔵は栄三郎の真っ直ぐに向けられた目に見つめられ、頷かれると、自然に首を縦《たて》に振っていた。

「親父には会いたくねえが、栄三先生に親父の心の内を覗けと言われりゃあ嫌とは言えませんや。委細お任せ致しましょう」

その途端、傍らのお七の顔が綻《ほころ》んで、一間の内に大輪の花が咲いたかのような華やぎが浮かんだ。


その夕刻――。

秋月栄三郎が暮らす京橋の南、水谷町にある手習い道場に、伊兵衛がやって来た。

「ほう、岸裏先生からこの道場のことは聞いていたが、なかなかおもしろいものですな……」

伊兵衛は道場の板間に上がると、壁の刀掛けにあった木太刀《きだち》を手に取り振り回しながら一人悦《えつ》に入った。

どこへ行っても楽しむことができる、それゆえ旅暮らしも辛《つら》くはなかったのであろう。

「いや、伊兵衛の親方に、一度ここへ来てもらいたくてね」

栄三郎は伊兵衛の子供じみた振る舞いにいちいち付き合ってやると、道場とは裏へと続く土間の通り庭とで隔《へだ》てられている、栄三郎が居間として使っている六畳の一間へ伊兵衛を請《しょう》じ入れた。

一間は三畳の間と台所に挟まれているが、栄三郎は道場に面した板戸だけを開け放ち、これを眺めながら五合徳利《どっくり》を間に置いて、大根の漬物をポリポリとかじりつつその後の様子を尋ねた。

もちろん、その後の伊兵衛の様子は、又平によって逐一《ちくいち》報《しら》されている。

今日は、茶釜作りを始める前に、何としても聞いておきたいことがあったゆえに、まだ来たことがなかった手習い道場に伊兵衛を招いたのである。

五合の酒を二人で飲めば、一人分は三合に充たない。

この量ならば伊兵衛を適度に調子づかせ、酔っ払うことなくあれこれ本音を語らせることができるであろう。

栄三郎は取次屋としての勝負に出た。

「親方、あれからまた、仙さんに会いに行ったとか……」

「やはりもう栄三さんの耳に入っていたか」

「はい。俄《にわか》に、中黒屋から松浦家の茶会で使う茶釜を拵えるようにと、仙さんに注文が来たという話もね」

「何と……」

「驚くことはありませんよ。岸裏先生から、親方が久しぶりに会う子供達とうまくやっていけるように立ち廻れという文が届いた限りは、親方が何と言おうが、お節介を焼かせてもらいますからね」

「ありがてえ……。まったく盛岡で、よくぞあの旅籠に宿をとったもんだ……」

お蔭で岸裏伝兵衛という立派な剣客と近付きになれたばかりか、その弟子にまで、江戸に戻って世話になれたと、さすがの能天気を持ち前とする伊兵衛も、あれこれ不安が付きまとうこの数日間の重圧がこたえたのであろう。栄三郎のこの一言にはしみじみとさせられて、手にした茶碗に注がれた冷や酒を意味もなく眺めていた。

「そんなにしみじみとされちゃあ困りますよう。これも親方の人柄がなせる業《わざ》だ」

「おれの人柄？　はッ、はッ、生憎そんなものは持ち合わせちゃあおりませんよ……」

伊兵衛は再び笑顔を浮かべたが、栄三郎は切れ長の目に鋭い光を湛えながら、

「いやいや、そんなことはない。息子の出世を願い、一番やりたくない仕事を引き受けたんだ。それも、十五年の修業を無にするような……。己が求める鋳物の技に近付こうと何もかも捨てて生きてきたというのに、ここへ来てそれを生かしきれない。まったく親方は苛々《いらいら》とする人だが、そういう間の抜けたところに何とも情があって、岸裏先生もこの栄三も放っとけないのですよう」

「栄三さん……。いってえ何を……」

「明日から親方が拵える茶釜が妙なものではないかと心配しているのですよ」

栄三郎の真っ直ぐな目に見据《みす》えられた上に、きっぱりとした口調で問い質《ただ》されて、伊兵衛はたちまちうろたえた。

武芸における対戦の呼吸を、栄三郎は時として人との会話に使う。

はっきりせぬことを問い質す時は、この緩急が必要なのだ。

又平は伊兵衛と同じ旅籠に逗留して伊兵衛の行動に目を光らせていたが、今日も朝から中黒屋益右衛門が訪ねて来て、二人が柳原《やなぎわら》通りの土手の柳の下でこっそりと話しているのを盗み見ていた。

何を話していたか定かではなかったが、〝八名良俊《やなりようしゆん》〟という名が何度か聞こえた。

伊兵衛が益右衛門と別れた後、又平は〝八名良俊〟の意味を探ろうと、浅草の今戸《いまど》橋へと走った。

今戸橋の近く、聖天《しようでん》町に〝丸友《まるとも》〟という質屋がある。

ここの主の友蔵《ともぞう》は、秋月栄三郎、又平が拠《よ》る手習い道場の地主・田辺屋宗右衛門の昔馴染《なじ》みで、又平とも面識がある。

友蔵は今でこそ質屋をしているが、元はといえば日本橋通南三丁目に代々続いた古道具屋の主で、幼い頃からの友である宗右衛門が、

「あんまり身代を大きくしやがるから、おもしろくねえのさ」

と、新たに株を買って質屋に転身したという変わり者であった。

しかしそれだけに、取次屋などという一風変わった稼業《かぎよう》に身を置く栄三郎、又平を大いに気に入り、浅草に用があった折に訪ねると、近頃入った質草について

の曰くなどをおもしろおかしく話してくれるのだ。

「八名良俊……。又さん、お前はまた渋《しぶ》いところを訊いてくるねえ……」

友蔵はその名を聞くや、こう言ってニヤリと笑った。

八名良俊とは二十年前にこの世を去った、知る人ぞ知る釜師であるという。

それで栄三郎は、伊兵衛の意に染まぬ仕事の意味を確信した。

「親方、こいつは誰から仕入れた話かは言えぬが、中黒屋益右衛門は、腕のある職人を見つけ出しては偽物を作らせているそうで……」

伊兵衛の表情は固まったまま、目だけが栄三郎に見逃してもらいたいと訴えている。

「騙《だま》す相手は金を持て余した御大尽連中だ。そのことをどうだとは思いませんよ。だが、十五年かけて磨いた技を、今さら偽物作りに費《つい》やされたんじゃあ、伊兵衛贔屓《びいき》としちゃあおもしろくはない。何とかならねえかと思いましてね……」

真に情のこもった栄三郎の物言いに、伊兵衛は大きく息を吐くと、観念したかのように苦笑いを浮かべた。

「そこまでわかっていなさるなら、栄三さんを男と見込んでお話し致しましょう。ちょうど誰かに話せたら、どれほど気持ちが楽になることかと思っていたところで……」

栄三郎の願った通りに、伊兵衛はそれからポツリポツリと語り始めた。

「栄三さんの見込み通り、益右衛門がおれに持ちかけてきた仕事は偽物作りだった……」

中黒屋益右衛門と伊兵衛の付き合いは随分昔に遡《さかのぼ》る。

何気なく料理屋の板場で目にした鉄瓶《てつびん》に心惹かれた益右衛門が、それを作った鋳物職人を訪ねたことが付き合いの始まりであった。

その鋳物職人こそ伊兵衛で、伊兵衛の才を見出《みいだ》した益右衛門が、安価な茶釜しか作ったことがなかった伊兵衛に本格的な茶釜作りのこつを教えたところ、非凡なる才を発揮し始めた。

茶釜の表面に鶴亀の装飾を施《ほどこ》してみたり小桜を散らしてみたり、伊兵衛が拵える茶釜には面白味と華やかさがあった。

「いやあ、お前さんの茶釜は、八名良俊の茶釜に実によく似ているねえ……」

やがて、益右衛門は伊兵衛の茶釜をそう評すようになった。

八名良俊は、〝丸友〟の友蔵が言ったように、好事家達の間では大評判をとっている釜師であった。

元来が寡作で、その評価は死後に高まったゆえに、八名良俊の作風に似た茶釜の登場は静かに評判を呼んでいった。

その頃の益右衛門も、まだ目利きとしての名が今ほど上がっていなかったゆえに、あっという間には伊兵衛の名が広がらなかったのだ。

「だがおれにとっちゃあ、それが幸いだった……」

八名良俊の茶釜と作風が酷似《こくじ》する伊兵衛の茶釜は、鑑定が難しいとまで言われるようになったが、伊兵衛にとってはそれが気にくわなかったのだ。

「おれはおれの茶釜を拵えたい。そのための工夫をしたい……」

その思いが強くなった。

そうしたがために茶釜が売れなくなろうとも、鍋、釜を作りつつ、気長に思う茶釜をじっくり仕上げていけばよいではないか――。

しかし、益右衛門は、由緒ある釜師の出でない伊兵衛が茶釜をもって世に出るには八名良俊を思わせる作風を前面に出すしかないと考え、

「余計なことは考えずに、わたしの言う通りにしていればいい」

と、伊兵衛の思いを黙殺した。

「おれは良俊じゃねえ、伊兵衛だ……。それをまるで認めようともしねえ益右衛

門にだんだんと腹が立ってきたおれは、加賀の前田様に茶釜を納めるという話が降って湧いた時、宴席で御留居役の前で裸踊りをしてその話を潰《つぶ》してやった……」

思い出す伊兵衛の顔に笑みがこみあげてきた。

その時はよほど爽快《そうかい》な思いであったのだろう。

「そんなことがあって江戸を出たんですね」

栄三郎はその様子を思い浮かべて愉快に笑い合いながら言った。

伊兵衛は大きく頷いた。

「江戸にいれば、八名良俊のことばかり言われるし、中黒屋へも決まりが悪かった」

ほとぼりがさめるまで江戸を出て、茶釜作りの修業をしよう。

そう思いたってまず小田原《おだわら》へと旅に出た。

すると、勢州津《せいしゅうつ》におもしろい鋳物があると聞き、さらに西へ、そして津にまで来れば上方《かみがた》は目と鼻の先である。

京・大坂と鋳物を求める旅は続いて、

「気がつきゃあ十五年たっていたってわけなんでさあ……」

初めのうちは文など送っていたが、女房からの返事には、江戸の家は心配いらない、仙蔵はもう十五で、すでに伊兵衛から鋳物作りを教えられている。何とかやってくれるだろう。納得いくまで修業に励むように、とあった。

「それに甘えに甘えて旅を続けるうちにお仲は死に、息子の嘆きは計り知れず、帰るに帰れぬまま十五年でさあ。だが、十五年方々《ほうぼう》回って、やっとおれにしか拵えることができねえ茶釜が出来たんですよう」

八名良俊の呪縛《じゆばく》からこれで逃れられる。

そう思って満を持《じ》して江戸へ戻ってきたものの、その間の息子・仙蔵の苦労はそれはもう大変なものであったようで、けんもほろろに追い返された。

そんな折に、早速、伊兵衛の姿を見かけた益右衛門が旅籠に訪ねてきた。

しかし彼は、市井《しせい》に埋もれている優秀な職人達を掘り起こし、目利きとしての名を高めていったかつての益右衛門ではなかった。

当代有数の目利きの称号を得て、名器珍品を扱ううち、金を回すことばかりに躍起になり、金持ちに偽の茶器を売りつける悪事に手を染めるようになっていた。

そして持ちかけてきたのが、八名良俊の茶釜の偽物を作ることであった。

十五年前、すでに鑑定困難と言われた伊兵衛の腕をもってすればわけもなかろう。

「これを引き受けてくれたら、息子の仙蔵さんが、平戸の松浦様に出入りが叶うようにしてあげましょうよ……」

立派な釜師となれるよう、今の自分ならいくらでも道筋がつけられると言うのだ。

十五年ぶりに子供二人に再会して、二人がどれほど大変な思いをしたか、仙蔵がいかに自分を恨んでいるかを今さらながら気付かされた伊兵衛は、これを引き受けてしまったのである。

「江戸へ戻って、おれしか拵えられねえ茶釜を世に出して、これを倅の仙蔵に伝えて……。ふふふ……。そんなことを心に描いていたおれが馬鹿でしたよう。倅はもうおれに鋳物を習うつもりも、父親面をされるのもまっぴらなようだ……」

伊兵衛はすべてを語り終えると、自嘲《じちょう》の笑みを浮かべた。

栄三郎はよくぞ打ち明けてくれたと感じ入って、

「せめてもの息子への罪滅ぼしと、偽の茶釜を拵えた後はどうするつもりなんです」

と問いかけた。

「中黒屋益右衛門が口を利いてくれたら仙蔵も立派に世に出てやっていけるでしょうよ。飲んだくれの親父が、また裸踊りでも始めたら、かわいい娘の縁談にさしさわるってものだ。どこか遠くでおかみさん達相手に鍋釜を拵えて、のんびりと暮らしていきますよ」

伊兵衛は観念したかのようにふっと笑うと、懐《ふところ》から一冊の帳面を取り出して、栄三郎に手渡した。

「そいつはこの十五年の間、方々で書き留めた鋳物作りの覚書だ。すまねえが、栄三さんからうめえこと言って、仙蔵に渡してやっておくんなさい……」

「こんな大事な物は、手ずからお渡しなさい」

栄三郎は静かに答えた。

「手ずから……」

首を傾《かし》げる伊兵衛に、人のすすり泣く声が聞こえてきた。

「黙っていて申し訳なかったのだが、こういうことでしてね……」

栄三郎は隣室に続く襖戸を開いた。

狭い三畳の間には、又平と共に息を殺して伊兵衛の話に聞き入っていた、仙蔵とお七の姿があった……。

六

「それで、雨が降って地は固まったか……」

「はい。よく固まりました」

「さすがは栄三郎だ。随分と苦労をかけたな」

「いえ、先生のお蔭で、なかなかにおもしろい、親子の情を垣間見《かいまみ》ることができましてござりまする……」

秋月栄三郎が、手習い道場の自室に、伊兵衛、仙蔵、お七親子を涙ながらに引き合わせてからしばらくがたった師走《しわす》のある日のこと――。

同じ自室で、栄三郎は旅から戻った剣の師・岸裏伝兵衛を迎えて、文による頼まれ事の顛末《てんまつ》を報告していた。

いくら恨んでいたとて血を分けた父である。仙蔵とてどこかで伊兵衛を許すきっかけを探っていたようだ。

三十歳になり、一人の鋳物師として成長した仙蔵には、父・伊兵衛が己が望みを求めて旅に出た気持ちもわかる上に、自分のためにも十五年の間をかけて身につけた技を無にしてもよいとまで思ってくれていたのだ。

「そんな覚書を置いてどこへ行くんだよ……。この先、口で教えてくれりゃあいいじゃねえか」

と、伊兵衛十五年の修業の成果である帳面を、息子は肩を小刻《こきざ》みに震わせながら、手から手へと、父の許へ戻したのであった。

「そうか……。うむ、それは何よりであったな」

伝兵衛は嬉し涙にくれる伊兵衛の様子を頭に描いて大きく頷いた。

元より、父の帰りを心の内では喜んでいた娘のお七には、兄・仙蔵と伊兵衛の心の雪解けがただただ嬉しく、涙を流しつつこれを見守ったのであった。

「そうして、伊兵衛は息子と娘が暮らす元の家へと戻ったのか」

「いえ、すぐには戻りませせなんだ」

「ほう……。さすがに十五年の歳月は、すぐに家へ戻ることをためらわせたか」

「そういうわけでもなかったのですが、いきなり家へ戻るのも照れくさかろうと、わたしがしばらくは馬喰町の旅籠にいてはどうかと勧めたのです」

「うむ、それもよかろう。しばらくは旅籠から家へ通ったというわけか」

「いえ、親方はそこから、浅草の仕事場へ通いました」

「浅草の仕事場？　中黒屋からの注文は断らなんだというのか」

すべてを知った息子の仙蔵は、おれのために意に染まぬ仕事などせずともよい。

松浦家への出入りなど叶わなくても、伊兵衛が十五年かけて編《あ》み出した鋳物の技を傍らで見ていられれば、この先自分とてよい茶釜を拵えることができる。

目先の名声も仕事もいるものか——。

当然そう言って、伊兵衛に偽物作りなどきっぱりやめるように迫ったのであろうと思っていただけに、伝兵衛は興醒《きょうざ》めの体《てい》で栄三郎を見た。

「ははは、もちろん、仙蔵は親方にそう言いました」

すると、栄三郎はいたずらっぽい笑みを伝兵衛に向けて、

「親方もすぐに益右衛門に断りを入れるとその場で誓ったのですが、それだけでは何か物足りぬと思いまして……」

「ふん、栄三郎、何か企んだか」

「はい。中黒屋益右衛門の目を丸くしてやろうと……」

秘事を頼んだ上に断られたら、金に執着し始めた中黒屋益右衛門がどういう復《ふく》

讐《しゅう》を仕掛けてくるか知れたものではない。

栄三郎は今度の一件でそのことが何よりも心配であった。

理不尽なことをしてくるのであれば、力尽《ちからずく》には力尽で、何かの手を廻してくるなら河内山宗春に一肌脱いでもらって脅してやろうと計略は練っていた。

しかし、思えばまだ伊兵衛が仙蔵くらいの歳の頃、

「お前さんの鋳物の腕は大したものだ。わたしと夢を見ませんか……」

と、茶釜作りを持ちかけてくれた益右衛門に、伊兵衛は随分と励まされたものだ。

その恩義と、前田家における裸踊りの借りだけは返したい思いが伊兵衛の胸の内にはあった。

そして、願わくは、

「わたしと夢を見ませんか……」

などと、甘ったるい言葉を吐いた、あの日の益右衛門にもう一度戻ってもらいたいと伊兵衛は思っていたのだ。

栄三郎はそのことを合わせて考え、約束通りに浅草の仕事場に通って茶釜を拵えるようにと、一計を案じて伊兵衛に勧めた。

そして、伊兵衛は見事に出来上がった茶釜を、

「これはお前さんへのお詫びの印《しるし》だ」

そう言って、益右衛門に恭《うやうや》しく渡した。

「色々と無理を言ってすみませんでしたね……」

益右衛門は大喜びで、風呂敷に包まれた茶釜を改めたのだが、

「伊兵衛さん……。何だいこれは……。こいつは八名良俊とは似ても似つかぬ茶釜じゃないか……」

これを見るや、叫ぶように言った。言葉は怒っているものの、その声は感動に震えていたという。

「中黒屋の旦那、これで昔見られなかった夢を見ちゃあくれませんかい……」

伊兵衛の言葉に――。

「はッはッはッ、見事にしてやられましたよ。だが、文句は言えないね。これは八名良俊をはるかに超えた茶釜だ。今わかったよ。お前さんはこれを拵えたくて十五年もの間旅をしていたんだねえ……。ありがたく頂きますよ。伊兵衛さんほどの人に偽の茶釜を拵えろなどと、まったく無礼なことを申しました……」

益右衛門は涙を拭《ぬぐ》うと、これは誰にも売るものではない、この後、いつも傍に

置いて己が戒《いまし》めと致します、と茶釜を押し戴《いただ》いて、

「名人・伊兵衛の跡を継ぐ仙蔵さんなら、松浦様にお勧めしても何の不安もありません。どうか伊兵衛さん、父親のあなたが茶釜の出来を吟味《ぎんみ》して下さいますように……」

深々と頭を下げたのである。

「一段とよかったな……！」

岸裏伝兵衛は膝を打って喜んだ。

「中黒屋益右衛門の濁《にご》りつつあった目を洗うものはやはり、職人の思いがこもった技であったということか」

「はい。考えさせられました」

「おれのお節介も少しは役に立ったな」

「はい……」

「頼み甲斐のある弟子を持って、真に幸せじゃ」

「いえ、剣を疎《おろそ》かにしてやくざな暮らしを送る不肖《ふしょう》の弟子と恥じておりまする」

「何の、剣一筋に生きて来たこの身が、人生の終わりにさしかかって、何やら生きることに潤《うるお》いを覚えるようになった。おぬしのお蔭じゃ」

「とんでもないことでござりまする……」

師弟はふっと笑い合った。

外から煤竹《すすたけ》売りの声が聞こえてきた。

「今年も暮れてきたな……」

「はい……」

「またひとつ歳をとるな」

「困ったものにござりまする」

「ふッ、ふッ、おれは歳をとることが楽しゅうなってきたよ……」

第四話

年の瀬

一

「これ音松《おとまつ》、まだ表の掃除をしているのかい。さっさと済ませないと、店の前をお通りになる人の邪魔になるじゃないか。無駄口をたたく前に体を動かしなさい」

「へ〜い……」

「返事が小さい。まったく何度言ったらわかるんでしょうかねえ……。これ、徳《とく》どん……」

「今日はまた、どういうお小言《こごと》で……」

「おかしな答え方をするもんじゃありませんよ。お前は今笑ったねえ」

「いけませんか」

「笑うことは大いに結構。商《あきな》いには明るさが大事ですからね。ですが、お前の笑いは見苦しい」

「見苦しゅうございますか」

「いかにも見苦しい。笑うならしっかりとお腹から声を出しなさい。お前の笑いは鼻から出ていますよ。鼻で笑うというのはどうも人を馬鹿にしたようでいけません」

「はッ、はッ、はッ……、わァッ、はッ、はッ、はッ……！」

「うるさいよ！　そういうのを馬鹿笑いというのですよ。いい歳《とし》をして加減というものがわからないのかねえ……。これ、梅《うめ》どん、最前頼んでおいた文《ふみ》がまだそこにあるじゃないか」

「あッ……、これは申し訳ございません。音松に頼んだのに、あいつはまだ掃除をしているとみえます……」

「わたしはお前に頼んだのですよ。お前が体を動かせば好《い》いことです」

「あれこれと忙しゅうございまして……」

「忙しいのは皆同じですよ。このお店《たな》の誰と誰と誰が暇《ひま》だと言うのだい」

「え〜と、それは……」

「考える奴《やつ》があるか。忙しい中用をこなすのが働くということです。しっかりとしなさい……」

次兵衛《じへえ》の叱責《しっせき》はやむことを知らぬ。

日本橋呉服《ごふく》町の大店《おおだな》〝田辺屋〟は師走《しわす》に入ったこの日も大賑《おおにぎ》わいであった。

次兵衛は田辺屋叩《たた》き上げの大番頭で、齢《よわい》は六十の手前。

生涯を田辺屋に捧げたような男で、今までに暖簾《のれん》分けの話も何度かあったものの、当代の主《あるじ》・宗右衛門の篤実《とくじつ》な人柄にすっかりと心服して、

「いつまでもお傍《そば》近くに置いてやって下さりませ……」

と、来る日も来る日も、店の小僧・手代を手厳しく叱《しか》りつけては仕付けているのである。

「大番頭さん、あんまり怒ると頭に血が昇って、体に障《さわ》りますよ」

新たに手代一人を叱りつけようとした次兵衛に、快活で美しい娘の声が届いた。

「お嬢様……。お帰りでございましたか……」

厳格なる次兵衛の表情がたちまち綻《ほころ》んだ。

声の主は田辺屋の娘・お咲であった。

主・宗右衛門が目の中に入れても痛くないという箱入り娘であるが、所帯を持ったものの子に恵まれず、三年前に女房を失った次兵衛にとっては、どのような神仏にも劣らぬ清らなる存在である。

それだけに、お咲が剣客《けんかく》・松田新兵衛に心惹《ひ》かれ、自らも剣術を習うと言い出

した時は、これを諫《いさ》め、随分《ずいぶん》と心配したものだが、剣を習うようになって後、以前の勝気さ、我儘《わがまま》さがほどよく収まり、強く優しく瑞々《みずみず》しい娘へと変貌《へんぼう》していったことで、今は誰よりもお咲の上達を楽しみにしているのだ。

そのお咲に、体に障りますよなどと宥《なだ》められると嬉《うれ》しくて堪《たま》らない。

思わず脂下《やに》がってしまうのを、手代・小僧に見られぬように、

「うっおッほん！」

と、咳払《せきばら》いでごまかすと、

「おお、これは、秋月先生に、又平さんも御一緒でございましたか。お見苦しいところをお見せ致しております……」

お咲の剣の師・秋月栄三郎と、彼の門人であり一の乾分《こぶん》である又平の存在に気づいて、慌《あわ》てて畏《かしこ》まった。

いかにも堅物《かたぶつ》で律儀《りちぎ》な次兵衛の挙措《きょそ》に栄三郎は愉快に笑って、

「いやいや、田辺屋へ来て次兵衛殿の叱り声が聞こえねばつまらぬ。なあ、又平

……」

「はい。これからは鼻で笑わぬよう、忙しいなどとは口にしねえように心がけますでございます」

小腰を屈《かが》める又平に、

「はッ、はッ、聞かれておりましたか。勘弁して下さい」

思わず次兵衛も破顔したが、すぐにまた栄三郎と又平の来訪の意を解して、

「もしや、先生と又平さんはお手伝いに……」

「はい。又平と二人で煤《すす》払いを手伝いに来ましたよ」

「それはそれは、御足労をおかけ致しました。ささ、まずは奥へどうぞ、旦那様《だんな》がさぞやお待ち兼ねのことでございましょう」

次兵衛は恐縮の体《てい》で、お咲と共に、栄三郎と又平を奥座敷へと案内した。

この頃、師走の十三日は煤払い、即《すなわ》ち大掃除をする定例日となっていた。

これは将軍家御営中の行事に、大名、旗本、御家人、町家なども倣《なら》ったものである。

田辺屋でもこの日が煤払いで、商いを早目に切り上げて、家人、奉公人、出入りの者達が総出で掃除にあたるのだ。

日頃、〝手習い道場〟の地主にして〝取次屋〟栄三の好《よ》き理解者である宗右衛門への感謝の意を込めて、栄三郎は去年から又平と共に手伝いに来ていた。

大掃除というと師走の慌ただしさばかりが思い浮かぶが、田辺屋では大勢が一

堂に顔を合わせる祭礼の 趣 があり、集まってくる者達の様子は一様に楽しそうである。

煤払いの後は酒肴《しゅこう》が出され、出入りの人足達は祝儀、手拭《てぬぐい》などを貰《もら》って帰るのであるからそれも頷《うなず》ける。

煤払いの采配《さいはい》は、宗右衛門の跡取り息子の松太郎《まつたろう》がもっぱら揮《ふる》った。

松太郎は二十五歳。

父・宗右衛門に似てふっくらとした体には、惣領《そうりょう》息子の貫禄《かんろく》が漂《ただよ》っている。

大番頭の次兵衛などは、日毎《ひごと》に物言いなども落ち着いてきて、奉公人への細かい心配りができるようになってきた松太郎の成長が自慢の種で、

「うちの若旦那はまったく、いつの間にか大人になってしまって、構いたくても構えやしませんよ……」

などと、方々《ほうぼう》で自慢げに話しているくらいである。

この日も来てくれた一人一人に松太郎は丁寧《ていねい》な物言いで声をかけ、早く掃除を終わらせて酒宴に移ろうと、獅子奮迅《ししふんじん》の働きを見せている。

宗右衛門は終始上機嫌で、栄三郎を迎えると、

「いやいや、秋月先生が来て下さると煤払いもお祭のようになる。真《まこと》に楽しゅう

ございます……」

と、自らも太った体をゆっさゆっさと動かして掃除に加わった。

宗右衛門が言うように、栄三郎が周囲の者達をからかったりおだてたりしながら叩《はた》きを揮う姿はえも言われぬおかしみがある。

孤独を愛しつつも寂しがり屋の一面を持つ栄三郎は、親しい人が集まる場にいることが楽しくて仕方がない。

手習いを終え、お咲に剣術の稽古《けいこ》をつけた後、又平と三人で田辺屋へ来たのだが、それからさらに剣友・松田新兵衛もやって来て掃除の輪に加わった。

栄三郎の手習い子で、今は田辺屋に女中奉公している母・おゆうと共にここで住み込みで暮らしている七歳のおはなも、母娘《おやこ》で栄三郎に笑顔を向けながら拭《ふ》き掃除に励んでいる。

さらに、田辺屋宗右衛門の地所である〝善兵衛長屋〟からも、大家・善兵衛を筆頭に、彦造《ひこぞう》、留吉、長次《ちょうじ》、そして近頃住人となった駒吉が駆けつけて来た。

この連中は善兵衛の他は皆、栄三郎の剣術の弟子であるから、栄三郎の号令一下よく働き、よく騒いだ。

思えば、松田新兵衛が蔵前《くらまえ》の閻魔堂《えんまどう》で、破落戸《ごろつき》に絡《から》まれているお咲を助けて以来、それまでほとんど付き合いのなかった地主の宗右衛門との交誼《こうぎ》が深まり、それを機に色々な人との繋《つな》がりが生まれ、人の輪が広がっていったのである。

楽しそうに周りで煤払いに励む者達の姿を眺めていると、栄三郎は真に幸せな心地《ここち》となった。

しかし、一人だけ手代の清吉《せいきち》の様子がどうも寂しげに思われた。

清吉はなかなかに利発な若者で、一時はお咲の供などをしていたから、栄三郎とも心やすくしていた。

またたく間に剣の上達を得て、今は供がいる方がいざという時は足手まといになるだけだとお咲が言うので、このところはお咲の供から離れていた清吉であった。

栄三郎の目から見て、常日頃は言動に屈託がない青年であっただけに気になった。

お咲にそっとそのことを訊《き》いてみると、

「さすがは先生、そうなんですよ。わたしもそれが何やら気になっていたのです。そうですよね、やはりそう見えますよね……」

長身を生かして高い処《ところ》の埃《ほこり》を叩く松田新兵衛の傍にいて、勇ましい襷《たすき》掛けで、嬉々《きき》とした表情で掃《は》き掃除に勤《いそ》しんでいたお咲であったが、栄三郎に問われ、埃よけに顔の下半分を覆《おお》っていた手拭をずり下げて眉《まゆ》をひそめた。

奉公人とはいえ同じ年頃で、幼馴染《おさななじ》みのような感覚をお咲は清吉に対して持っている。

「このところめっきり口数が減ったようで、何かいつも考え込んでいるのですよ」

「そうか、お咲の目から見てもそうなのかい……」

栄三郎は小首を傾《かし》げてお咲と二人、手桶《ておけ》に水を汲《く》んで運ぶ清吉を眺めた。

「清吉のことなら心配いりませんよ」

そこへ二人の疑念を吹きとばすように、松太郎がやって来て声をかけた。

栄三郎とお咲が心配そうな目を清吉に向けているのを見て察したようである。

こういうところも松太郎の成長ぶりを窺《うかが》わせる。

「いつも愛想《あいそ》よくしていることは大事だが、男も二十歳《はたち》ともなれば、時には引き締《し》まった顔も人前で見せないと軽んじられる……。わたしがお父つぁんに言われたことを清吉に話したら、やけにそのことに頷きましてね」

「なるほど、そんなことを宗右衛門殿が……」

確かにその通りだと、栄三郎は感じ入った。

「それで、ことさらに引き締まった顔を繕《つくろ》おうとしているということ？」

横でお咲が整った顔を少ししかめて兄に言った。

「でも、何かしでかして思いつめているようにしか見えないから、いつも通りの顔付きに戻るようにと言ってあげたらどうなのです」

「ははは、お咲の言う通りだが、清吉は清吉で大人になろうと努めているのだから、おかしいからやめろと言いにくくてね」

爽《さわ》やかに笑う松太郎に、

「うむ、それは松太郎殿の言う通りだ。人は変わろうとする時、何やら間抜けに見えることがあるが、それを気にしてはならぬ」

と、今まで黙々と叩きをかけていた新兵衛が会話に加わった。

子供の頃についた剣術の悪い癖を直そうとして、岸裏伝兵衛の道場へ入門後、構えを変えた新兵衛は、初めのうちは大きな図体《ずうたい》にそれが馴染まず苦労したものだ。

「案山子《かかし》が刀を構えているようだと、よく栄三郎に笑われたな」

「笑った覚えはないよ」

「いや、笑った。おれは忘れぬ」

「執念深い奴だな。二十歳になる前の話じゃないか。大目に見ろ」

親友二人のやり取りを、松太郎・お咲兄妹はほのぼのとして見ていたが、やがてお咲はすぐにまた顔をしかめて、

「あの三人こそ、もう少し引き締まらないとねえ……」

と、庭で大騒ぎしている三人組を指さした。

「馬鹿野郎！　しっかり梯子《はしご》を持たねえか」

「すまねえ兄貴、こいつがいきなり大きなくしゃみをしやがるから驚いちまってよ」

「仕方ねえだろ兄貴、こう埃が舞い散っていりゃあ、くしゃみのひとつも出るぜ」

「まあいいか。金持ち喧嘩《けんか》せずだ……」

「そうだな……」

「ヘッ、ヘッ、ヘッ……」

何故《なぜ》か今日はすぐに喧嘩が収まって、間の抜けた笑いを浮かべている三人が、勘太《かんた》、乙次《おとじ》、千三《せんぞう》の〝こんにゃく三兄弟〟であることは言うまでもない。

「いやいや、奴らは奴らで変わったよ……」

一同が失笑する中で、栄三郎は三兄弟に優しい目を向けた。

元はといえば、こんにゃく島の盛り場でよたっていたのを、栄三郎に懲《こ》らされて、今では田辺屋の雑用を引き受けて真っ当に働くようになったのであるから……。

「それにしても、あいつらこのところ、どうも浮かれていやがるな……」

何はともあれ田辺屋恒例の煤払いも無事終わり、清められた広間では盛大に宴《うたげ》が催《もよお》された。

居酒屋〝そめじ〟の女将《おかみ》・お染も台所に加わって盛り上がる様子は、新たな年の到来を間近に控え、ますますの田辺屋の隆盛を思わせた。

〝目出た目出たの若松様よ、枝も栄えて葉も繁《しげ》る。お目出たや、アーサッササッササ〟

宴の締め括《くく》りは一同で唄《うた》いながら、主・宗右衛門の体を宙高く揚《あ》げる。

煤払いにおける胴上げの風習は方々の家で見られたが、田辺屋では宗右衛門が巨漢であるためにこれを言い出す者もなく、今まで行われなかったものを、去年、栄三郎が音頭をとってし始めた。

何といっても揚げる側には松田新兵衛がいるのだ。彼を中心に栄三郎と力自慢が加われば、宗右衛門の体とて高々と宙に揚がる。

「大きな主殿が宙に舞えば舞うだけ、来る年の商売繁盛は間違いなしだ！」

栄三郎の言葉に宴の場は大いに沸《わ》いて、歓声の中、宗右衛門の体は何度も宙に舞った。

こうして煤払いも終わり、田辺屋は分限者《ぶげんしゃ》にして有徳人《うとくじん》である宗右衛門の下《もと》——少々口うるさいが謹厳実直で、店への奉公に命をかける大番頭・次兵衛、優秀なる若旦那・松太郎がしっかりと屋台骨を支え、今年も充実した大晦日《おおみそか》への日々を送ることと思われた。

しかし、年を越すまでに、ちょっとした騒動がこの大店に待ち構えていることを、秋月栄三郎とて予想だにしなかったのである。

二

大いに盛り上がった煤払いから数日がたった宵《よい》のこと。

朝のうちは霙《みぞれ》混じりの雨が降り、寒々とした深川がたくり橋（蓬莱《ほうらい》橋）の上を、その名の通りに、ガタガタと下駄《げた》の音をさせながら歩いているこんにゃく三兄弟の姿があった。

「あいつらこのところ、どうも浮かれていやがるな……」

と、三人の剣の師である秋月栄三郎が煤払いの折に少し首を傾げていたのだが、実を言うとこの三人——浮かれているどころか、この十日ばかりの間、天にも昇る心地なのである。

日頃は田辺屋から御仕着せとして与えられた、紺木綿《こんもめん》に屋号を白く染め抜いた印半纏《しるしばんてん》を引っ掛けている三人が、今はそれぞれ一張羅《いっちょうら》の羽織を着て乙《おつ》にすましている。

「おれはあることに気がついたぜ」

勘太が顔を苦み走らせて言った。

「何に気がついたんだい」

乙次もこれに倣《なら》って、少し仰々《ぎょうぎょう》しく言葉を返した。

「こんな寒い宵に薄っぺれえ羽織一枚引っ掛けただけなのに、懐《ふところ》があったけえと、まるで寒くはねえってことだよ……」

不敵に笑う勘太を見て、

「ああまったくだ、兄貴の言う通りだぜ」

千三がつくづくと相槌《あいづち》を打った。

勘太は上機嫌で、また素晴らしいことを思いついたとばかりに低い声で、

「粗末な恰好《かっこう》をしていたって山吹色をちらつかせたら、人は好きでそんな形《なり》をしているんだと思いやがる。だからよう、金がありゃあ、身を飾ることなんざ何もいらねえんだ」

乙次と千三はまた大きく頷いた。

「へッ、へッ、へッ……」

やがて三兄弟は間抜け面《づら》をつき合わせて笑い声をあげると、がたくり橋を南へと渡った。

そこは深川佃《つくだ》——遊里として知られた所である。

何故、この三人が懐もあたたかく遊びに行くのかというと、俄《にわか》に大金が転がりこんだからである。

ちょうど十日前のこと。

田辺屋での雑用を終え、住まいとする坂本町《さかもと》の裏長屋に帰ろうと、三兄弟が楓《もみじ》川に架《か》かる海賊《かいぞく》橋へさしかかった時であった。

千三の気分が悪くなり、袂《たもと》の叢《くさむら》に駆け込んだ。

途中、聖天稲荷《しょうでんいなり》前に出ていた鰻《うなぎ》の辻売りから一串ずつ蒲焼《かばやき》を買って酒を飲んだのだが、日頃兄弟の中で一番酒が弱い千三に、

「お前は男のくせにみっともねえ奴だ。冷や酒なんぞは一息にぐっといけ！」

と、勘太が立て続けに二杯飲ませたのがいけなかったようだ。

「あの馬鹿野郎、せっかくおれが飲ませてやった酒をもう吐き出そうってのかい……」

「あんな飲ませ方をするからだよ。ちょいと様子を見てくらあ」

怒る勘太を宥めて、乙次が介抱に向かった。

そして、その橋の袂の叢で、乙次は紫色の袱紗《ふくさ》包みが落ちているのを見つけたのである。

「何でえこれは……」

憎まれ口を叩いても、そこは仲の好い三兄弟のこと、心配になって千三の様子を見に来た勘太が、乙次が拾った袱紗包みを手に取って中を改めてみると――。

そこには何と、百両の金子《きんす》が入っていたのだ。

勘太と乙次はカタカタと歯を鳴らしながら、しばし叢の中でそれを眺めていた

が、勘太が我に返って懐へしまうのを乙次が咎《とが》めた。

「あ、兄貴、そいつはおれが見つけたもんだぜ」

すると、いつの間に気分の悪いのが治ったのか、

「この叢に駆け込んだのはおれだ。ここはおれの縄張りだぜ」

と、千三が話に割り込んで来る。

「うるせえ、反吐《へど》を吐くのに縄張りがあるかい。お前を酔わせたのはおれだ。おれがお前を気持ち悪くさせたから、お前はこの叢に用が出来たんじゃねえか」

勘太が口を尖《とが》らせる。

だが、とどのつまりは兄弟で見つけたものである。

三人は喜び勇んで百両を手に長屋へ帰り、隣《となり》近所に知られぬように、百両の話をする時は筆談で言葉を交《か》わし、まずは塩の壺《つぼ》の中に金をしまいこみ、そっと畳をめくり、床下に隠した。

〝これはめぐまれなかったおれたちにおてんとうさまがほどこしてくださったのだ〟

勘太は汚い仮名文字を弟二人に書いて見せ、乙次、千三はしみじみとして頷いた。

恵まれなかったわけではない。

三人は日本橋の魚河岸《うおがし》で魚屋の息子として生まれたものを、勝手にぐれてしまっただけなのだ。

〝まじめにはたらきはじめたおれたちへのごほうびにちげえねえ〟

乙次が続けて紙に認《したた》めた。

勘太はよくぞ言ったと乙次の肩を叩いた。

続けて千三が、

〝はきそうだ〟

と認めた。

こうして三人は、都合好く〝天からの授かりものだ〟と思いこみ、百両を頂くことにした。

しかし、初めの何日かは、帰ってきては床下の壺の金を確かめ、これをボーッと眺め、またしまうということを繰《く》り返した。

あまりのことにどう使っていいかわからなかったのだが、どんなに体が苦しくとも頭にくることがあっても、きらきらと煌《きら》めく小判を眺めるとたちどころに治ってしまうことに気づき、それだけで満足であった。

何といっても、庶民が一生お目にかかることがないと言われる小判のことだ。こんにゃく三兄弟が一度に何枚も手にしているところを見られたら、盗《ぬす》っ人《と》をして得た金だと疑われかねない。

それに、使おうにもどこかで小粒に崩さねば、大金を持ちつけたことのない者には、小判などというものは通貨としての価値をなさない。

そんなわけであるから、三人して顔を黄金《こがね》色に染めながら馬鹿のように見つめるしか百両の使い途《みち》はなかったのであるが、何日かたつと、元よりおめでたい三人のことである。

この金を何とか崩してパーッと遊んでみたくなってきた。

そしてついに、乙次が三両を手に、かつてよたっていたこんにゃく島にある賭《ど》場《ば》に久しぶりに顔を出し、一勝負張って崩して来たのである。

金というものはある方へある方へと寄っていくもので、乙次はこの一勝負にも勝って、合わせて五両の金を小金に換えて戻ってきた。

そうしてその日は三人で、神田《かんだ》多《た》町の岡場所に繰り出し、飲めや唄えで、晩を過ごしたのだが、

「おい、乙次、千三、金ってえものは、なかなか減らねえもんだな……」

散財したつもりが五両は使い切れなかった。

それならば、今日は深川の佃で遊ぼうと決めて、がたくり橋を渡ったのである。

吉原や深川辰巳で豪遊できぬこともないが、そういう目立つ所で遊んでも、人目につく。

結局、身の丈《たけ》に合った岡場所を転々として、そっと遊ぶしかない。

何といっても、この百両は自分達で稼《かせ》いだものではないのだ。

拾った金を持ち主に返そうともしないで、遊里で遊ぼうというのであるから、どこか後ろめたさが付きまとう。

橋を渡る時ははしゃいでいたが、佃の遊里のぼんやりとした淡い明かりを目の前にすると、三人の歩みは俄然《がぜん》遅くなり、口数も少なくなった。

「あの金はいってえ誰が落としたんだろうなあ」

ぽつりと呟《つぶや》くように乙次が言った。

勘太と千三はこめかみの辺りをぴくりとさせて立ち止まると、

「百両の金を落とすような奴だ。どうせろくでもねえ奴に違《ちげ》えねえや」

「うん、そうだ」

「勘太兄貴の言う通りだ」

口々に応《こた》えたが、どうも歯切れが悪い。

「だがよう、盗っ人がどこからか盗んだものだとしたら、盗まれた奴は節季を前にして死にてえ思いだろうな」

乙次が続けた。

その言葉は、勘太も千三も腹の内に飲みこんでいるものであった。

「もう、三両使っちまったんだ。今さらそんなことを考えたって仕方があるめえ……」

勘太が怒ったように言った。

「今から家に帰って、床下から金を取り出して、落とし主を捜《さが》して歩くか？」

「いや、そうは言わねえけどよ……」

乙次は黙った。

三兄弟は再び盛り上がって妓楼《ぎろう》に繰り出すきっかけを探しつつ、ぶらりぶらりと遊里を歩いた。

すると、路地の突き当たりの料理茶屋から賑《にぎ》やかな三味線《しゃみせん》の音が聞こえてきた。

二階座敷で遊客が、芸者をあげて自らも踊っているのが連子格子《れんじごうし》の向こうに見える。

「賑やかだな……」

見上げる勘太の顔が綻んだ。

「あんな風に三味線芸者を呼んで賑やかにやるのも好いな」

勘太の提案に乙次と千三はたちまち頷いて、

「そうだな。女郎相手に飲んで唄ってるだけってえのも芸がなかったな」

「でもよう、あの御大尽、お世辞にも踊りが上手だとは言えねえよな」

と、二階の座敷を見上げて笑った。

踊っている芸者衆の間から、遊客の姿がちらちらと見える。

「ああ、楽しいねえ、極楽だ……」

と、脂下がっているその男は六十手前の商人《あきんど》のようであるが、確かに日頃遊びつけていない俄大尽のごとく、踊りの手はまったくもって無粋《ぶすい》で様になっていない。

「ふッ、ふッ、あの親爺《おやじ》もどこかで金でも拾いやがったか……」

勘太も弟二人と共に笑い出したが、やがて三人はほぼ同時に目を見開いたまま、その場に凍りついた。

「まさかあの親爺……」

「いや、まさかではねえぜ……」

「確かに……、大番頭さんだ……」

下手な踊りを芸者衆の中に埋もれて披露《ひろう》している俄大尽こそ、田辺屋にあって謹厳実直、小言幸兵衛《こごとこうべえ》で知られる大番頭の次兵衛であった。

よりにもよってあの次兵衛が、このような遊里でだらしない顔をさらしながら踊っている――。

見てはいけないものを見てしまった。

これはいったいどうしたら好いのであろう。

こんにゃく三兄弟はしばしその場に立ち竦《すく》んでいたが、

「逃げろ！」

と、勘太の悲鳴のような叫びと共に下駄《げた》の音をけたたましく響かせながら、転んでは助け合い、何故逃げなければいけないかもよくわからぬまま、とにかくがたくり橋を北へと取って返したのであった。

三

さらに二日がたった。

年の瀬は慌ただしく過ぎていく。

その日、浅草観音《あさくさかんのん》の境内《けいだい》で開かれた歳の市に出かけた栄三郎は、供連れの又平と二人で帰りに居酒屋〝そめじ〟に立ち寄った。

店の内は空《す》いていた。

皆せわしなさに追い立てられて、きゅっと一杯ひっかけると、飯をかきこんで帰って行くようだ。

「そんな時に栄三さんが来てくれるとほっとするよ。余計なのが引っついているのが玉に瑕《きず》だけどさ」

「お前のその一言が余計なんだよ……」

早速お決まりの、お染と又平の口喧嘩が付き出しのごとく出てきて、栄三郎がいつもの小上がりに座ると、お染は酒の燗《かん》をつけるやいそいそとやって来た。

口許《くちもと》が少し綻んでいる。

何か話したいことがあって、うずうずとしていたようだ。

「ちょいと知っているかい。とんでもないことを聞きつけたんだよ……」

案に違《たが》わず、お染はチロリの酒を栄三郎の盃《さかずき》に注《つ》ぐと、声を潜《ひそ》ませてニヤリと笑った。

「何でえ、今年最後のお騒がせってところかい？」

栄三郎は又平に一杯注いでやると、ぐっと熱いのを胃の腑《ふ》に流しこんでまず体を温めてからちょっと顔を近付けた。

「それがさ、深川からわっちの耳に届いてきたんだよ……」

元は辰巳の売れっ子芸者――染次姐《ねえ》さんの耳には今でもあれこれ噂《うわさ》がとびこんでくる。

お染はこみ上げる笑いを堪《こら》えてその噂話を栄三郎に伝えた。

「田辺屋の番頭さんが、このところ夜な夜な佃辺りで大尽遊びをしているってさ……」

「田辺屋の番頭だと……」

「あい……」

「番頭というと、あの、万蔵《まんぞう》殿か？」

「違いますよう。大番頭さんですよう」

「大番頭って、まさかお前……」

「あい、次兵衛さんですよ」

「次兵衛殿……」

栄三郎は又平と顔を見合わせてやがて大笑いした。

「はッ、はッ、こいつはいいや」

腹を抱える栄三郎の傍で、

「やいお染、お前洒落《しやれ》を言うならもうちょっとましなことを吐《ぬ》かしやがれ」

又平が毒づいた。

「何だい又公、文句があるってえのかい。わっちは聞いた通りのことを言っているんだよ」

お染はたちまちむきになって又平を睨《にら》みつけた。

「おきやがれ。大番頭の次兵衛さんと言えば、堅物《かたぶつ》を絵に描《か》いたようなお人なんだぞ。それが夜な夜な佃辺りで遊ぶわけがねえだろう」

「だからとんでもない話なんだよ。又公が実は利口だったたっていうくらいにさ」

「おれをたとえにするんじゃねえや！」

「まあ、静かにしろい」

いきり立つ又平を宥めると、

「お染、確かにおもしれえ話だ。だが、こればっかりはお前、他人の空似かなん
かと思わずにはいられねえぜ」

栄三郎はお染の気持ちを鎮めるように、にこやかに言った。

「ちょいと、信じないんだね！」

栄三郎と又平が来てすぐに、他の客は帰っていた。

遠慮のいらなくなった店の内でお染が吠《ほ》えた時——店にぞろぞろと三人組が入
って来て、お染の大声に驚いて首をすくめた。

客はこんにゃく三兄弟であった。

少し決まりが悪く口を噤《つぐ》むお染に、

「すまねえが、熱いのをつけてくんな……」

と、勘太が注文して、兄弟は栄三郎に頭を下げた。

「肴《さかな》はこんにゃくの味噌田楽《みそでんがく》で好いかい……」

お染はぶっきらぼうに応えて板場へ入った。

「おれ達はこんにゃくが好物なわけじゃねえんだが……まあいいか……」

三兄弟は傍の長床几《ながしょうぎ》に腰を掛けると、

「姐さん、何を怒っていたんですかい」

と、乙次が栄三郎に尋ねた。

「いや、お染があんまりおかしなことを言うから笑ったら、どうして信じねえんだって怒っちまったのさ」

栄三郎は小声で三兄弟に言ってまた笑い出した。

「おかしなことって……？」

千三が首を傾げた。

「田辺屋の大番頭さんが、深川の佃辺りで夜な夜な遊んでいるんだってよ！」

又平が遠慮のない声をあげた。

「又公！　本当だったらどうするんだい！」

板場からお染の叫び声が聞こえた。

「ヘッ、この店の雨漏《あまも》りをおれが一人で直してやらあ！」

又平は叫び返して、

「おかしなこと言ってやがるだろう。あの次兵衛さんが、夜な夜な佃辺りで遊び呆《ほう》けるはずがねえじゃねえか。そうだろう勘太兄ィ……」

と、勘太を見て頰笑《ほほえ》んだ。

「ま、まあ、そりゃあ……」

しどろもどろになる勘太の様子を、又平はあまりにも突拍子《とっぴょうし》もない話を聞いたことへの戸惑《とまど》いだと受け止めた。

「いくら何でも、日頃は奉公人の贅沢《ぜいたく》を戒《いまし》めている次兵衛さんが、そんなことするはずねえよなあ……」

又平はさらに乙次、千三を見て同意を求めた。

日頃は田辺屋で働く三兄弟のことである。次兵衛の堅物ぶりは誰よりもわかっているだろうと言わんばかりの調子であった。

実はこんにゃく三兄弟、〝そめじ〟には栄三郎に深川佃の一件をそれとなく話してみたくて来たのである。

それがすでにお染には噂が入っているようで、これを一笑に付す又平の傍で相槌を打っている栄三郎の様子を見ると、本当のことを言うべきかどうか戸惑ってしまった。

「でもまあ、いかに大番頭さんが堅物でも、何かの拍子に、その、遊んでみたくなるってこともあるんじゃねえかなあ……」

乙次は探るような言葉を返した。

「何かの拍子？　道端で百両の金を拾ったとか？　そんなことがあるはずはねえか……。はッ、はッ、はッ……」

調子好く回る又平の舌に、こんにゃく三兄弟は沈黙した。

彼らは、金を拾ったこともまた、それとなく栄三郎に話してみたくなっていたのだが、出鼻を挫《くじ》かれた。

「又平、次兵衛殿はな、百両拾ったら、ただの二、三両にも手をつけずに落とし主を捜す人だよ」

又平を戒める栄三郎のこの言葉に、三兄弟はこめかみの辺りをぴくりとさせた。

「ああ、そいつはその通りでございました……。拾った金で散財をするようなお人じゃありませんでしたね」

又平は頭を掻《か》いた。

「でも……、あっしなら、百両拾えば、思わずいくらか使っちまうかもしれませんねえ……」

勘太は、おれも使ってしまうかもしれねえなという栄三郎の同意の言葉を期待

したが、

「今のお前らなら使ったりはしねえよ」

栄三郎の答えは勘太、乙次、千三の胸を貫《つらぬ》いた。

「こんにゃく島でよたっていた頃ならいざ知らずだ。今は真っ当に働いて、剣術に精を出して、ちょっとは人に好かれる三兄弟だ。金を落とした者の痛みをわからねえこともあるまいよ」

「先生……」

栄三郎に誉《ほ》められて、こんにゃく三兄弟は思わず涙ぐんだ。

おれ達のことをそんな風に温かい目で見てくれた人が今までいたであろうか。

いや、栄三郎がそう言ってくれるからには田辺屋宗右衛門だって、松太郎やお咲だって、ここにいる又平だって、三馬鹿兄弟に期待と愛情を持ってくれているのであろう。

そう思うと泣けてきた。

「何だ何だ。ははは、泣く奴があるか。泣く子も黙るこんにゃく三兄弟が、随分と湿っぽいじゃねえか」

栄三郎はこの馬鹿で間抜けな三兄弟に、つくづくと親しみの目を向けた。

「勘弁して下せえよ、先生……」

そんな言葉をかけられたらますます泣けてきますよと、三人はお染が運んでくれた熱い燗酒を飲み、こんにゃくの味噌田楽を頬張《ほおば》って涙をこらえた。

涙もろいのは又平も同じである。

こんにゃく三兄弟のこの様子に、たちまち目頭《めがしら》を熱くさせたが、

「又公、涙は雨漏りを直す日までとっておくんだね」

お染は又平を睨みつけて、何か肴を見繕《みつくろ》ってくると言い置いて再び板場へと入った。

「まさか……。いや、次兵衛殿が……。どう考えてもこの暮れの忙しい時に
……」

お染が勝ち誇ったように言うので、栄三郎は右に左に首を傾げた。

勘太、乙次、千三は、結局何も栄三郎に相談できぬままに、そそくさと店を出た。

「何だ、あの三馬鹿、近頃やけにはしゃいでいるかと思ったら、俄にしんみりとしやがって。ひょっとして、おれに何か話してえことがあったのかもしれねえな
……」

栄三郎はどうも合点《がてん》がいかぬまま、またも首を傾げたのである。

四

どうもしっくりとこない。

秋月栄三郎は、お染から田辺屋の大番頭・次兵衛が夜な夜な大尽遊びをしているなどと、どう考えても人違いとしか思えない噂話を聞かされて、又平と共にこれを一笑に付したが、思えば深川辺りでの情報にはすこぶる詳しいお染である。

もしやということもあるのではないか……。

考えると色々なひっかかりが出てくる。

煤払いの折に見かけた手代・清吉の、何とも思いつめたような青ざめた顔。

こんにゃく三兄弟の、浮かれているかと思うといきなり打ち沈んで涙ぐむという、情緒の定まりのなさ。

これらはどれも、呉服店・田辺屋に関わる者達のことである。

放っておけばよいことかもしれないが、人情の機微に聡《さと》い栄三郎は一旦気になりだすと、心の靄《もや》を晴らさねばいても立ってもいられなくなる。

〝そめじ〟でこんにゃく三兄弟と出会った二日後のこと。

住み込みで働く母親・おゆうと共に田辺屋で暮らす手習い子のおはなを、栄三郎は手習いが終わった後こっそりと呼んで、

「お店の人は皆、変わりなくやっているかい」

と尋ねてみた。

おはなの母・おゆうは、おはなを連れて腕利《き》きの目明かしの後添えとなったものの、この目明かしがとんだ極悪人で、おはなは命の危険にさらされた。

それを〝人形の神様〟に扮《ふん》した栄三郎に助けられ、今では母娘で田辺屋の内で幸せな日々を送っているのだが、人の顔色を読みながら暮らさざるをえなかった不幸な日々が、おはなに人の見方において深い感受性を与えたといえる。

それゆえに、おはなに田辺屋の様子を尋ねることが、その答えに混じりけがなくてはっきりすると思ったのだ。

「はい。みんないつもの通りです。でもね……」

おはなは快活な口調で答えた後、愛らしい唇を少し嚙《か》んでみせた。

「でも……。何かあるのかい」

栄三郎は肩の力を抜いた穏《おだ》やかな表情でおはなを見た。

「近ごろ、大ばんとうさんがあまりおこらなくなりました」

大店に暮らして、おはなの口調もすっかり大人びてしっかりしてきた。

「そうかい。それなら店の小僧さん達は大助かりだな」

「いえ、大ばんとうさんはつかれているんじゃないかって、しんぱいしています」

「小僧さん達は皆、優しいな。そうだな、疲れているのだろうから、おはなも労《いたわ》ってあげなさい」

「はい」

おはなは元気に返事をして、田辺屋へと帰っていったが、

——まさか次兵衛殿、遊び疲れというわけなのか。

ますますわからなくなってきたところへ、お咲が剣術の稽古にやって来た。

続いてこのところ仕事が忙しく、なかなか竹刀《しない》が握れなかった大工の安五郎が留吉とやって来て、さらに又平と駒吉も道場に現れた。

こんにゃく三兄弟はこのところ稽古に顔を見せていない。

「お咲、少し聞きたいことがあるのだが……」

栄三郎は、お咲が着替えに使っている二階の座敷へ共に上がって、

「大番頭殿に近頃何か異変はないか？」

と、気になる次兵衛のことを問うた。

「きっとおれの取り越し苦労だと思うのだが、妙な噂を聞いてな……」

「妙な噂……」

お咲の顔にたちまち動揺の色が顕《あらわ》れた。

「やはり異変があるのだな」

お咲は神妙に頷いて、

「その噂とは、もしや、大番頭さんが夜な夜な深川辺りで散財しているというものですか？」

と、声を潜め、拵《こしら》え場に端座した。

「そういうことだ」

栄三郎もやはり噂は本当だったのかと、お咲の前に自らも腰を下ろし、お染から聞いた話を打ち明けた。

「まさしく、わたしが耳にした話と同じです……」

お咲は嘆息した。

お咲にこの情報を伝えたのは、お咲付きの女中・おみよであった。

遣《つか》いに出た得意先の商家で、奉公人の女中が出入りの小間物屋と話しているのを聞いてしまったのだ。

話を聞いた時は、俄に信じられなかった。

他人の空似と決めつけて、おみよにもくれぐれも余計な口を利かぬようにと釘をさしつつも、

「それを聞いた時は少し、ほっとしたような心地でございました……」

長年田辺屋に勤めてきて、道楽のひとつなく、女房との間には子もなく、その女房に死に別れてからは、店とすぐ近くの長屋の住まいをただ往復するだけの次兵衛なのである。

店も跡取り息子の松太郎がしっかりしてきたし、中番頭の万蔵も篤実でよく気の回る四十男で、奉公人達からの信頼も厚い。

店も安泰なのだ。少しくらいはめを外したとて好いではないか……。

お咲はそう思ったのである。

箱入り娘で世間知らずのお咲も、秋月栄三郎の許《もと》で剣を学び、彼の取次屋稼《か》業《ぎょう》を間近で見るうちに、随分と世慣れてきて、人への思いやりが出てきたものである。

「いや、お咲が言うように、おれもそれならそれでよかったと思うのだがな、人には性分《しょうぶん》があって、これはなかなか変わらぬものだ。ましてや六十になる大番頭殿が、俄に遊びに目覚めたというのが何やら怖い……」

「はい……」

「たとえば何かの拍子に、ちょいと小股の切れ上がった年増《としま》の芸者にぞっこん参っちまったとしたらどうする」

遊びつけていない者が一旦色里の深みにはまると、身を持ち崩さぬとも限らない。

栄三郎はそれが心配であるのだ。

お咲はますますやり切れなさに身を小さくして、また大きな溜息《ためいき》をついた。

「それが、もうすでに身を持ち崩し始めているやもしれないのです」

「何だと……」

「実はわたしも耳にしたばかりで、どうしたものかと心を痛めておりまして、先生に聞いて頂こうかどうか迷っていたところなのです」

「お咲が心を痛めているなら是非とも聞かせておくれ。話せば少しは痛みも和《やわ》らごうものだ」

栄三郎の温かな目差《まなざ》しに触れ、お咲はすっかりと気も落ち着いた。

父・宗右衛門が贔屓《ひいき》にしてやまない取次屋栄三は、お咲にとっても今や肉親以上に心を許せる相手なのだ。

「今朝のことでした。店先に出たところを中番頭さんにそっと呼び止められて、相談を受けたのです」

中番頭の万蔵は、お咲に帳付けの手伝いを頼む体を装い、奥帳場でポツリポツリと大事を語った。

それによると、万蔵が帳簿を見るうちに、仕入れに使っていないはずの出金が百両ばかりあることに気がついたという。

帳簿上の辻褄《つじつま》は一見合っているように見えるのだが、払ったとされる分はこの節季に掛《かかり》の分として支払われるはずではなかったか――。

そして、その分の帳付けの責任者は大番頭の次兵衛であるのだ。

万蔵は、次兵衛がいかに謹厳実直な男であるかを長年の付き合いでわかっている。

まだ万蔵が小僧であった頃、次兵衛はすでに番頭の末席に名を連ねていた。帳簿の付け方から算盤《そろばん》の使い方、商人の心得など、あれこれ自分に教えてくれたのは次兵衛であった。

口うるさいが、それだけ奉公人の隅々にまで目を光らせていて、叱るだけではなく、二人だけの時にはにこやかな顔で、

「お前はよく励んでいるよ。大したものだ」

と、何度も誉めてくれた。

人前では誉められるより叱られている方が無難であると、次兵衛は思っている。無闇に誉められでもしようものなら同僚の妬《ねた》みを買うやもしれず、どこで足を引っ張られるかしれたものではないからだ。

もちろん田辺屋の中には、そのように性根《しょうね》の曲がった者はいないかもしれない。

しかし、人というものは知らず知らずのうちに、他人の成功を羨《うらや》み、自分の出来の悪さを嘆くもので、その思いが憎しみや妬《ねた》みに変じることがあっても不思議ではない。

だから次兵衛は、自分が人の上に立つ地位を得てからは、叱る時は皆の前、誉める時はそっと二人だけの時にと決めてきた。

次兵衛に叱られている小僧・手代を見ると、周囲の者は気の毒に思って自然に

面倒を見てやるようになるし、二人の時に誉めてもらうと、この人は実のところ自分のことを見ていてくれたのだ、わかってくれていたのだと感動も強い。それゆえ、小僧・手代は口うるさい次兵衛を慕《した》うのだ。

「万蔵どん、下の者を叱る時も誉める時も、一工夫がいるのですよ……」

番頭の列に名を連ねてからは、奉公人の使い方を次兵衛は教えてくれた。

そんな次兵衛がそもそも帳付けを間違うはずはないし、百両の金を捻《ひね》り出そうなどと企《たくら》むはずもない。

これは自分などが口を出さずに次兵衛に任せておけば好いのだと、万蔵は思った。

しかし、やはり解せない。

あの帳簿が次兵衛の手によるものであることは確かなことで、そっと次兵衛の様子を窺っていたところ、近頃になって次兵衛が深川佃辺りで夜な夜な遊び呆けていると聞いた。

放っておくわけにはいかなくなったのである。

それでもこんなことを、主・宗右衛門の耳に入れたくはない。もちろん、跡取り息子の松太郎にもだ。

いくら横領の疑いがあるからといって、万蔵は昔からの恩義に告げ口で応えることはしたくなかった。

「そうか、それで中番頭の万蔵殿は、そっとお咲に相談したかったのだな。お咲ならば、間に立ってうまく立ち廻《まわ》ってくれるのではないかと思ったのだろう。お咲、大したものではないか」

栄三郎は嬉しかった。

勝気で我儘な箱入り娘の時から、お咲は店の奉公人からはとにかく愛されていた。

誰かれ構わず明るい声をかけ労ってやる、優しくてさっぱりとした彼女の気《き》性《しょう》が、田辺屋の内に清涼を与えてきたからである。

生死《しょうじ》の境を旅する剣客・松田新兵衛に一途《いちず》な想いを寄せ、大店《おおだな》の娘らしからず、自らも剣術を学び嫁にも行かぬお咲であるが、それがためにずっと店にいてくれるならばそれが何よりだと、奉公人誰もが思っている。

それゆえに、店に大きな影響力を持つお咲の耳に入れておくことが得策であると、万蔵は判断したのであろう。

お咲は栄三郎に誉められて、照れくさそうにほんのりと頬を朱に染めたが、

「中番頭さんが大番頭さんを気遣うことは、わたしにとっても嬉しいことではありますが、それを知ったとて、どうすればよいか……」

考えあぐんですぐに眉《まゆ》を曇らせた。

「どうするもこうするもあるまい。このことを宗右衛門殿にお伝えするしかあるまい」

栄三郎はきっぱりと言った。

「いえ、でも……」

お咲は逡《しゅん》巡《じゅん》した。

宗右衛門は人品卑《じんぴんいや》しからざる有徳人であるが、商いに関しては厳しく、こういう不正を大いに嫌う。

「だが娘のお咲には滅法弱い。特に近頃では、しっかりとしてきたお咲に店のことなど手伝ってもらいたいと思い始めている」

「そうでしょうか」

「そうだよ。万蔵殿が期待しているのは、同じ話でもお咲から聞かされた方が、宗右衛門殿のお怒りも少なかろうということなのだよ」

それに、栄三郎は口には出さなかったが、万蔵の意図を読むに――お咲に話せば、お咲は必ずや秋月栄三郎に相談するであろうと考えたはずだ。

栄三郎は宗右衛門が気を許す男である。その栄三郎はお咲から話を聞かされれば、きっと一肌脱いでくれようから一段と好いと思ったのに違いない。

万蔵は田辺屋の中番頭であるから、店の中のことを外の者に相談することはできない。

しかし、自分が動けば中番頭が大番頭を糾弾《きゅうだん》することになる。それだけは次兵衛との間柄を考えてもしたくなかった。

「お前がいながら、こんなことも見抜けなかったのか」

と、宗右衛門に叱責されようが、次兵衛の立場が少しでも悪くならないようにしたかった。

だから聡明《そうめい》なお咲の気働きに賭けたのであろう。

もちろん、いざともなれば、己《おの》が進退をかけて事の収拾にあたる覚悟は万蔵の心の内に出来ているはずだ。

お咲は万蔵のその思いだけはしっかりと受け止めていた。

「この栄三が、次兵衛殿の噂を耳にした。それをお咲にそっと伝えたところ、おぬしが気になっておれを連れてそのことを宗右衛門殿の耳に入れた……。それで好いではないか」

百両のことは告げずともよい。

この話を耳にして思うところがあるならば、宗右衛門は自らそれを調べて知るであろう。いや、宗右衛門のことだ。すでにそんなことくらい知って知らぬふりをしているのかもしれない。

いずれにせよ、話せば宗右衛門は百両の一件のことを知るであろうが、愛娘《まなむすめ》のお咲と贔屓にしている秋月栄三郎が次兵衛の身を案じて相談した一件となれば、この二人の情にも必ずや配慮するであろう。

「稽古が終わったら送って行こう。それで、宗右衛門殿に用がなければ、少し上がらせてもらうことにしよう。それでよいな」

お咲はしっかりと頭を下げた。

朝からの屈託がたちどころに消えていく思いであった。

五

秋月栄三郎がお咲と語らって、田辺屋に主の宗右衛門を訪ねてから二日目の夕方のことである。

主が栄三郎と二人遅くまで、わざわざ場所を茅場町《かやば》の料理茶屋に移してまで、自分のことをあれこれと話し合っていたことを知るや知らずや――次兵衛はこの日も店を出るとすぐに帰らず、少し足をのばして海賊橋を渡り、坂本町にある甘酒屋へと入った。

そこは老婆一人で営《いとな》んでいる小体《こてい》な店で、

「婆《ば》ァさん、ちょいと借りるよ……」

と、入れ込みの奥へ入ると三畳ばかりの小部屋があり、部屋の内には衣桁《いこう》に男物の着物が掛けられてある。

長襦袢《ながじゅばん》は大津絵《おおつえ》が描かれた粋《いき》なもので、これに結城《ゆうき》の上下というなかなかに上等な物だ。

次兵衛は部屋に上がると、いそいそとこれに着替えた。

香を焚《た》き染《し》めた着物の芳《かぐわ》しい香りが、鼻腔《びこう》を心地好く刺激する。

どうやらここは、次兵衛が密《ひそ》かに借りている、着替えのための衣裳《いしょう》部屋であるようだ。

着替え終えた次兵衛が甘酒屋裏手の勝手口から出て来た時には、もうどこかの御大尽のようになっていた。

間違いない。

あの夜、こんにゃく三兄弟が深川佃で見かけた御大尽こそ、田辺屋で謹厳実直にして堅物、小言幸兵衛の名をほしいままにする、大番頭・次兵衛の変わりし姿なのである。

次兵衛の足は今宵《こよい》も深川佃の方へと進んでいた。

ここには、〝菱川《ひしかわ》〟という料理茶屋がある。隠れ遊びをするに気が利いている店であった。

次兵衛がまだ田辺屋で丁稚《でっち》奉公していた頃に、やたらとかわいがってくれた隠居がいて、

「小僧さんや、大きくなって遊ぶ所に困った時は、深川佃の〝菱川〟に行ってごらん。なかなかにおもしろい趣向を凝《こ》らしてくれるよ……」

と、よく言っていたものだ。

遊里での遊びなど何がおもしろいんだ――。

つい先頃までそう思ってやまなかった次兵衛であるが、五十年近くたって、あの隠居の言っていたことの意味がよくわかる。

この店が手配してくれる芸妓《げいぎ》は皆どれも美しく、芸達者である。それに場を盛り上げることが何とも上手であるから、不調法者の次兵衛でも、座敷に身を置くだけで遊び人になったような気になれるのである。

――もっと早くにここへ来るべきであったかな。

夜の闇に紛《まぎ》れ、人混みに紛れ、深川へ行く道すがら次兵衛は自問した。

――いや、これでよかったのだ。今頃になって遊び呆けるなど、いかにも不調法者の次兵衛らしい。

しかしすぐに自分自身にそう答えると、がたくり橋を渡って佃の廓《さと》へと足を踏み入れた。

もう今年も残すところあと僅《わず》かだ。

ここに至っては、遊客の姿もまばらである。

「今宵もよろしく頼みますよ」

真《ま》っ直《す》ぐに〝菱川〟へと入った次兵衛を店の者達は歓迎してくれたが、

「好いのですか、こう毎晩のように散財をして……」

女将は次兵衛の身を案じてくれた。

この料理茶屋の名を覚えていた次兵衛は、少し前に店を訪ね、もうすっかりと前に死んでしまったが、なかなかに遊び上手で粋な隠居がいて、よくこの店の話をしてくれた。それゆえに一度来てみたいと思いながら、仕事仕事で今になったが、これからはひとつ遊ばせてくれないかと女将に言った。

するとと、次兵衛と同年代の女将は子供の頃にその隠居をよく見かけていたとのことで、懐《なつ》かしさに昔話に華《はな》が咲き、それからというもの、毎日のように遊びに来る次兵衛をよく構い、心配までしてくれているのだ。

「毎日の散財など構いやしませんよ。どうせあの世まで金は持っていけないんだ」

次兵衛はその心配は無用だと即座に答えた。

「でも、お金のことはよいとして、おかしな噂が立ってもいけません」

「それも気にせずともよいのです」

「左様《さよう》でございますか……」

女将は気になっていた。

いくら次兵衛が身分を隠して御大尽を気取ってみても、長年客商売をしてきた女将にはそれが仮初《かりそめ》であることは容易に知れる。

恐らくは、どこかの商家の番頭で、常日頃は謹厳をもって知られている——そういう人となりが窺われる。

それが、いくらここを気に入ったからといって、毎夜のごとく通いつめ、人目を憚《はばか》る様子もない。

以前にもそういう客がいた。

何日かここへ通って来て、人目も気にせず遊んだが、それが人の噂に上るようになった時に、永代橋《えいたいばし》から大川に身を投げた。

後で聞けば、その客は飛脚問屋の番頭で、ふとしたことから博奕《ばくち》にはまり、長年真面目《まじめ》に勤めてきた店の金に手をつけて、この世の名残《なごり》にと派手に遊んで自害したのであった。

そういう苦い思い出があるだけに、女将はどうも気になるのである。

しかし、女将の心配を余所《よそ》に、ここでは隠居の次郎兵衛《じろべえ》と名乗る次兵衛は今日も三味線の上手な芸者と舞の上手な芸者とを呼び、賑やかに宴を楽しんだ。

「いやいや、楽しいねえ……」

酒も入って上機嫌の次兵衛は、

「さあ、じろ様も御一緒に……」

と、芸者の鼻にかかった声に誘われて自らも踊り出す。

肌脱ぎになった着物の下からは、長襦袢に描かれた大津絵が覗《のぞ》く。

「まあ、じろ様は粋だこと……」

それを見て芸者達は、隠れた所を洒落るとは憎らしいと口々に誉めそやす。

「まあ、これくらいのことは、ね」

次兵衛は照れ笑いを浮かべたが、長年呉服店に勤めてきたのだ。野暮な自分でも、こういう装いの妙は心得ているのだと内心ほくそ笑んだその時であった。

女将が恭《うやうや》しく座敷を訪れて、

「次郎兵衛様、お楽しみのところ申し訳ございませんが、本日お越しのお客様が、こちらに何とも粋なお客人がおられる由《よし》、是非とも御意《ぎょい》を得て、御挨拶《あいさつ》をしたいと仰《おお》せでございまして……」

と、畳に額《ひたい》をこすりつけんばかりに願い出た。

先ほどまでは、〝おかしな噂が立っては……〟と心配していた女将が、他の客に自分を引き合わそうとするのもおかしな話であると思ったが、心地好い酒の酔いに心も広くなり、女将がそれほどまでに頼むのであればと、

「会ったところでお構いもできませんが、女将の口利きとなれば恥をかかすわけにも参らぬでしょう」

と、これを受け入れた。

次兵衛はこの時、もう誰に知られたとて構わないという、少し開き直った気持ちになっていたのである。

「ありがとうございます。これでわたしの顔も立ちます。たっての願いと頼まれてお断りしにくい様子でございましたもので……」

女将は大喜びでその場を一旦下がった。

次兵衛に会いたいと言っている客というのは、この店の常連である隠居の太郎《たろ》兵衛《べえ》という人だそうな。

次郎兵衛と名乗っている自分に、太郎兵衛が会いたい――。

これもおかしな話だと思ったが、やがて座敷へとやって来た太郎兵衛と、その連れの三郎兵衛《さぶろべえ》なる浪人者を見て、次兵衛は腰を抜かさんばかりに驚いた。

「こ、こ、これは旦那様……」

太郎兵衛なる隠居は、次兵衛がこの世で一番大事と思い仕《つか》えてきた田辺屋宗右衛門であった。

「先生……」

三郎兵衛なる浪人は秋月栄三郎である。

「おやおや、これは次兵衛さんか。お忍びで秋月先生と遊びに来てみれば、とんだ所で会いましたな」

宗右衛門は顔を合わせるや、栄三郎と二人、空惚《そらとぼ》けて目を丸くしてみせた。

お忍びで偶然出会ったというはずがない。

ここに次兵衛が通っているということを聞きつけて、こういう段取りに巧みな秋月栄三郎と語らってやって来たに違いなかった。

次兵衛は大いにうろたえて、

「い、いや、真に、お懐かしゅう存じます……」

と、深々と頭を下げた。

「最前別れたばかりですよ」

宗右衛門は高らかに笑った。

その場に侍《はべ》っている芸者達はわけがわからず、ただきょとんとして様子を見ていたが、

「姐さん方、ちょっとこの人と話をしたいので、しばらく外してもらえぬかな」

と、宗右衛門に言われて、そそくさと座敷を下がった。

「旦那様、わたしはその……」

閉ざされた座敷で次兵衛は座り直そうとしたが、

「ああ、好いからそのまま楽にして下さい。お互いここへは遊びに来ているんだ。野暮なことはなしだ」

宗右衛門はそれを制すると、大きな溜息をついた。

「それにしてもお前さんは、嘘《うそ》のつき方までもが律儀というか、不調法というか……。ありがたい人だね」

「それはいったい……」

「まあ、聞きなさい。帳簿の金が百両合わないことに、万蔵どんが気づいたよ……」

宗右衛門は、万蔵からお咲へ、お咲から栄三郎に伝わった経緯《いきさつ》をそのまま伝えた。

「その上に、秋月先生の耳に次兵衛さんがここで夜な夜な遊んでいるという噂が届いたというわけだ」

「次兵衛さん、宗右衛門殿に言いつけるつもりはなかったが、ちょっと心配になりましてね」

栄三郎は、許してもらいたいと頷いた。

「それは忝《かたじけの》うございます……」

次兵衛はかえって恐縮して何か言おうとしたが、宗右衛門は遮《さえぎ》るように、

「まあそれで、実のところ大番頭さんを驚かせてやろうと思って来たのだが、帳簿のことは、万蔵どんに教えてもらうまでもなく、わたしはとっくに気づいていましたよ」

「旦那様……。では……」

「はい。元々帳簿をいじって百両の金を捻り出したのが、息子の松太郎であることもね……」

「あ、あ……」

次兵衛はがっくりと項垂《うなだ》れた。百両の一件は伏せて、お咲と二人、そっと次兵衛のことについて話した栄三郎であったが、さすがは宗右衛門——何もかも気づいていたのだ。

「お前さんがありがたい人だと言ったのはこのことですよ。次兵衛さんは、松太郎が付けた分の帳簿を見て、どうもおかしなことになっていることに気がついた。それで、わざわざ自分が帳付けをし直した……。松太郎を庇《かば》おうとしたのですね」

「これには何かあるのです。若旦那様は、決して帳簿をいじって百両の金を着服するようなお方ではありません」

このところは宗右衛門の跡取りとして、立派に仕事をこなす松太郎であった。田辺屋がすべての次兵衛にとって、何よりも心強いことであるのに、その松太郎に百両着服の疑いなど微塵《みじん》といえどもかかってよいものか――。

その思いがためらうことなく、次兵衛に罪を被《かぶ》る覚悟を決めさせたのだ。

「何故、松太郎をそっと呼びつけて問い質《ただ》さなかったのです」

「そのようなことをすればその時すでに、若旦那様への疑いが露見したことになります」

松太郎が百両の金を捻り出したのには、何か人に言えない理由《わけ》があるはずである。そして、その理由は決して邪《よこしま》なものではなかろう。

松太郎を信じる心があればこそ、先行きの短い自分の罪としてしまえばよいと、次兵衛は思ったのである。

「それで大番頭さんは、慣れない遊びを始めたのですね」

「ご推察の通りでございます……」

さすがに宗右衛門の目をくらますことはできなかったと、次兵衛は観念したように頷いた。

次兵衛が、帳簿操作はさも自分がしたように見せかけるのは困難であった。田辺屋の安泰と繁栄のために日々暮らすことが何よりの道楽であると、自他共に認める次兵衛が、百両の金を着服するとは誰が信じよう。

今や身寄もない次兵衛には金を注ぎ込む相手もいないし、酒は付き合いのために飲み、賭け事など一切《いっさい》しないその身は、強請集《ゆすりたか》りに付け入る隙《すき》を与えない。

この完全無欠の大番頭が店の金を横領したと人に信じこませるのは、並大抵のことではないのである。

だからこそ次兵衛は隠居の次郎兵衛と身を俏《やつ》し、以前聞き覚えのあった料理茶屋が未《いま》だに暖簾をあげていることを知り、ここで毎夜のごとく遊び呆けたのである。

江戸でも指折りの大店・田辺屋の大番頭のことである。いくら名を次郎兵衛と変えたとて、そのうちに人の噂になるに違いない。

遊びを知らぬ堅物ほど、一旦遊里の味を覚えたら病みつきとなり深みにはまる――。

世の中にはよくある事例に自分をあてはめようとしたのである。

「好きでもない酒を飲み、下手な踊りを披露して、しかも身銭《みぜに》を切って……」

宗右衛門はつくづくと次兵衛を見て、再び大きな溜息をついた。

その胸の内は、このような男が番頭にいたればこそ、今日まで田辺屋が繁盛してきたのだという感慨《かんがい》に充《み》ちていた。

「もったいのうございます……」

宗右衛門の思いを察した次兵衛は喜びに身を震わせながらも、

「わたしのことはどうでもよろしゅうございます。旦那様は、若旦那様に百両のことを問い質されたのでございますか……」

と、あくまでも松太郎を庇う気構えを見せた。

「そりゃあ問い質しましたよ。いったい何に使おうとしたのか見極めてやろうと思ったものの、次兵衛さんが松太郎を庇って散財し始めたと知れば放ってはおけぬでしょう」

次兵衛の気持ちを嬉しく思いつつも、こんな小細工を見抜けぬ自分ではないことくらい誰よりもよくわかっているくせに、いらぬお節介を焼いてくれたものだと、宗右衛門は苦笑いを浮かべた。

若い頃は、親の金を少々ちょろまかしてでも、遊び呆けるような面白味もまた、男には必要であると宗右衛門は思っているからだ。

「それは、余計なことを致しました……」

言われてみれば確かにその通りである。宗右衛門は商いには厳しく、不正を大いに嫌う男であるが、こういう物分かりの好さ、懐の深さも持ち合わせている。

松太郎の横領に気づいた次兵衛は、ただただうろたえてしまって、息子の悪戯《いたずら》を見極めて叱ってやろうという父親の楽しみを奪ってしまったことに今気づいたのだ。

だがそれも、主を絶対的な存在と畏怖《いふ》する心の顕れであり、子供がない次兵衛には、松太郎こそが命をかけて守らねばならない対象であったことの証《あかし》であることを宗右衛門はわかっている。

「まあ、そのことはよろしい。それで、倅《せがれ》めを問い質してみれば、随分と小癪《こしゃく》な真似《まね》をしていましたよ」

「小癪な真似……」

「そのことは松太郎の口から話させましょう。これ、松太郎！」

宗右衛門はここで息子の名を呼んだ。

「若旦那様も御一緒で……」

これにはさらに意表をつかれ、目を丸くする次兵衛の前に、隣室に控えていた松太郎が手代の清吉を従え座敷へと入って来て、二人で涙ながらに手をついた。

「大番頭さん、いらぬ苦労をかけました。わたしがいじった帳簿を、大番頭さんがまたいじり直して、密かにわたしを庇おうとしてくれていたことに気づかなかったとは、真に情けない限りです……」

「いえ、情けないのは、この清吉めでございます……」

六

すべての話の発端は手代の清吉であった。

少し前のこと。

清吉は得意先である柳橋《やなぎばし》の料理屋〝濱長《はまちよう》〟へ品物を届けた。

この店は名高い料理屋で、主夫婦の着物から女中の御仕着せに至るまで、すべてを田辺屋が納めているのであるが、主人というのが清吉を気に入っていて、

「清吉つぁん、ご苦労だったね。まあ、一杯やっておいきよ」

と、行く度《たび》に酒を勧められることになる。

清吉は元来酒が飲めない質《たち》なのだが、上得意の客に勧められれば断り切れず、その日も無理をして注がれるままに飲んだのがいけなかった。

すっかりと体に酔いが回ってきて、帰る段には足許も覚束《おぼつか》なくなってきた。

そんな時に限って悪いことは続くようで、〝濱長〟の主が先日から納めてもらっている分の代金を払っておくと言い出したのだ。

その額はしめて百両。

こんな様子で大金を持って帰るのは憚られたが、くれる時にはどんな時でも金というものは貰っておくに限る。

清吉は〝濱長〟にもあれこれ都合があるのだろうと、酒の酔いに気があちこちに行きながらも分別して、紫色の袱紗に包まれた百両をありがたく押し戴《いただ》き、これを懐にしまって帰りの途についた。

ところが、海賊橋を渡る途中、どうにも気分が悪くなってきて、何とか橋を渡った所で吐き気を催《もよお》し、袂の叢に駆け込んだ。

その折に、小石に蹴つまずき、派手に転ぶわ嘔吐《おうと》するわで散々な思いをしながらも、何とか気分は快方に向かい、清吉はやっとのことで呉服町へと戻ってきた。

しかし、田辺屋の大暖簾が見えてきた辺りで、清吉は随分と懐が軽くなっていることに気がついた。

酒に酔い気分の悪さに注意が散漫になってしまっていたが、自分は確かに〝濱長〟で百両入りの袱紗包みを受け取って帰って来たはずであった。

「まさか……」

懐を探ると百両がない。

酔いも気分の悪さも一気に醒《さ》め、清吉は脱兎《だつと》のごとく今来た道を引き返した。

時はすでに暮れかかっていた。

笑い合いながらのんびりとして家路を辿《たど》る人々が堪《たま》らなく恨めしく思えた。

袱紗包みを落としたとすればあの叢しかない。

駆け戻ったが、いくら捜せど紫色の袱紗包みは見つからなかった。

清吉は絶望した。

小僧の頃から田辺屋に奉公をして、宗右衛門に目をかけられ、責任ある仕事を次々と任され、先行きの光を見失ったことのない清吉であるだけになおさらであった。

清吉はしばし放心して幽鬼のごとく色を失い、思いつめた顔で辺りをさ迷った。

その時、外廻りから戻って来た松太郎と行き合ったのである。

松太郎はただならぬ清吉の様子に、まず連れていた小僧を帰らせ、清吉を聖天稲荷の裏手へと連れて行って問い質した。

そして清吉は、小僧の頃から自分のことを弟のようにかわいがってくれた松太郎にすべての経緯を打ち明けたのであった。

「あの時、若旦那様に声をかけて頂かなかったら、わたしはどこぞの橋から身を投げていたかもしれません……」

少し決まりが悪そうな松太郎の横で、清吉は自分がしでかした不始末を一気に語って涙にくれた。

「では……。若旦那様が小癪な真似をしたというのは……」

話を聞いて、次兵衛の目にたちまち涙が浮かんできた。

「ああ、そういうことです。親のわたしにすぐに相談すれば好いものを、勝手に出しゃばって清吉を庇おうとしていたのですよ。わたしはそれを聞いて呆《あき》れてしまいましたよ」

「やはり小癪でしたか……」

松太郎が首をすくめた。

「ああ、そうだ。清吉に傷がつかないようにしてやろうという気持ちはわからぬでもないが、好い恰好をしたつもりでも、とどのつまりは失《な》くした百両の穴埋めを店の帳簿をいじってごまかしただけのことじゃあないか」

「そう言われますと一言もありませんが、もしかしたらすぐに見つかるかもしれないと思いまして、とりあえずあのように……」

「もし見つかれば、黙って戻して知らぬ顔を決めこむつもりだったのかい」

「いいえ、お父つぁんには清吉を連れて打ち明けるつもりでおりましたが、見つかった百両を手に打ち明けたほうが、何も見つからぬうちに打ち明けるよりも、お叱りの数も少なく済むかと思いまして……」

「それが小癪というのだ。お叱りの数も少なくなるだと？　まるでわたしが鬼のように口うるさい男に聞こえるじゃあないか。松太郎、お前ごときに庇ってもらわなくても、この清吉はわたしが、この宗右衛門が手塩にかけて育ててきた男なんですよ。百両落としたくらいのことで死なせはしませんよ」

「旦那様……」

宗右衛門・松太郎父子《おやこ》のやり取りを聞くうちに、清吉はまたおいおいと泣き出した。

　松太郎が庇ってくれたとはいえ、我が身が起こした不始末に、この何日もの間、生きた心地がしなかった清吉であった。

「本当に、面目《めんぼく》次第もございません……」

「これ清吉、めそめそとするんじゃありませんよ。男なら、落とした百両は何倍にもしてお店《たな》に戻してみせますと、意地でも啖呵《たんか》のひとつ切ってみなさい。お前がそんな風だから、松太郎が兄貴面をして出しゃばってくるんじゃないか」

「はいはい、悪いのはみな、この松太郎でございます……」

「はいは一度でいい。いつも次兵衛さんが言っているだろう」

「旦那様、若旦那様を叱らないであげて下さいませ。次兵衛めは、こんなに心優しい御方が田辺屋の跡取りにお成りになると思うとありがたくて、先ほどから胸がいっぱいでございます……」

　次兵衛は、松太郎が帳簿をいじったことには、己が欲得を越えた、いかにも松太郎らしい理由があったことを知り、自分の目は間違っていなかったと胸をなでおろし、清吉の前とて泣きたい気持ちをぐっと堪え、松太郎を取りなした。

「まあ、大番頭さんがそう言うなら、松太郎、お前の今度の振る舞いは許してやるとしよう」

「それはありがとうございます……」

　松太郎はどんな時でも穏やかである。

「だが松太郎、お前はひとつだけ好いことをしてくれた……」

　宗右衛門は叱るだけ叱っておいてから、松太郎にニヤリと笑った。

「はて、それはいったい……」

「今度の帳簿のことで、大番頭さんのありがたみを改めて思い知ることができたことです。次兵衛さんはわたしが物心ついた頃にはもう家にいた人ですから、そこにいてくれるのが当たり前のように思ってしまっていた……。いやいや、いけないね。人がしてくれることを当たり前と思うようになってはいけない。大番頭さん、あなたあっての田辺屋だ。これからもひとつ、馬鹿な倅のことをよろしく頼みますよ……」

　そうして宗右衛門は深々と次兵衛に頭を下げたのである。

「旦那様……」

　次兵衛は遂《つい》に堪え切れず、清吉と同じようにおいおいと泣き出した。

　六十になろうというこの身には、女房子供もないが、生き甲斐《がい》と、骨を拾ってくれる人が確かにある。

「わたしは……、わたしはほんに幸せな年寄りだ……」

つくづくと感じ入る次兵衛を見て、宗右衛門・松太郎父子の目も潤《うる》んできた。

宗右衛門は湿っぽくなってはいけないと、傍にいてじっと田辺屋の騒動の顚末《てんまつ》を見守っていた秋月栄三郎に、

「まったく、お恥ずかしいところを見せてしまいました……」

と詫《わ》びつつ、助け舟を求めた。

この先生ならこんな場をたちまち明るくしてくれるであろう。だからこそ、無理を言ってここまで一緒に来てもらったのである。

「いや、このような場に同席できるとは、嬉しゅうござりますな。いささか田辺屋殿に、息子自慢、奉公人自慢をされたような気も致しますがな」

にこやかに放つ栄三郎の言葉に、話し合いの場となってしまった料理茶屋の一間にたちまち華やぎが戻り、

「これは胸の内を見透かされてしまいましたかな」

宗右衛門も笑った。

「だが、大番頭殿は今、幸せな年寄りと申されたが、まだまだ老けこむのは早い

「……」

栄三郎は続ける。

「世間の目を欺《あざむ》くためと言いながらも、大石内蔵助《おおいしくらのすけ》とて時には本気で遊んだとか申しますぞ。大番頭殿もここ何日もの間の色里通いで、随分と若返ったのではござらぬかな」

「ああ、いやそれは、おからかいになられませぬように……」

次兵衛は恥ずかしさに顔を真っ赤にしたが、栄三郎は次兵衛の心の内をも見透かしていた。

色里での遊びなど何がおもしろいものかと思っていたが、ここ数日は、店での勤めを終えて上等な着物に着替えてここへ来ることが、何とはなしに楽しくなっていたことは否《いな》めない。

それでも、長年真面目に暮らしてきた次兵衛は〝はい〟とも言えず、頭を掻いてばかりいたが、

「いやいや、先生の仰《おつしや》る通り、大番頭さんは随分と若やいだようですぞ」

宗右衛門はさらに囃《はや》し立てた。

これに松太郎も合《あい》の手を入れる。

「次兵衛さん、この後は時にわたしに付き合って下さいな」

「いや、わたしなどと遊んでも、お金の無駄遣いでございますから」

「若返りの薬を買うと思えば、少々の散財など安いものですよ。まず、今宵がその手始めといきましょう」

宗右衛門はそう言うと、悪戯な笑みを浮かべて一同を見廻した。

そして、いつ終わるともない宴が始まった――。

飲めや唄えを繰り返し、この場に居合わせた五人の男が、再び〝菱川〟の外へ出た時には夜が明けていた。

五人はすっかりと遊び疲れていたが、不安や心配、あらゆる屈託から解き放たれて、その足取りは軽かった。

「何やらまだ物足りませんな」

と、宗右衛門はますます意気軒昂《けんこう》で、清吉が百両を落としたことが元で、こんなに気持好く酔えたのだから、百両分楽しまなければもったいないと言った。

「まったくですね。そんなら、お染の店へ行きましょう」

栄三郎が応えた。

こんな朝早くに開いているはずもなかろうが、叩き起こして押し入ればいい。

「まったく迷惑な奴らだねえ！」

などと吠えたとて構うものか。お染はそういう迷惑をお祭事として内心楽しむ女なのだ。

栄三郎が一緒なら追い返されることもなかろうと、一同は熊井町《くまい》で船を仕立て京橋を目指した。

竹河岸《たけがし》に船を着け、橋の北へと出ると、居酒屋〝そめじ〟はすぐそこに見えた。

店は閉まっているが、お染は表にいて屋根を見上げて何やら叫んでいた。

「さあさあ、早いとこ、雨漏りを直しておくれよ。上でどたばたされちゃあ仕事にならないからね。わかったかい！」

「わかったから、やいやい言うねえ！」

屋根の上に上って雨漏りを直しているのは又平であった。

もしも、田辺屋の大番頭・次兵衛が深川佃で夜な夜な遊んでいるのが本当ならば、おれ一人で〝そめじ〟の雨漏りを直してやるという、お染との賭けに負けた又平が、この日の朝から屋根に上っているというわけだ。

「あの二人は仲が悪いと聞いていますが……」

この様子を遠目に見た宗右衛門は首を傾げた。

「これには色々と理由がありましてね……」

栄三郎は、次兵衛の眠そうな顔を見て笑いを堪えた。

「又公！　ぐずぐずするんじゃないよ！」

「うるせえ！　今度偉そうに言いやがったら、屋根に穴あけてやるからな！」

又平とお染の喧嘩を見ていると、

――今年も一年楽しかった。

この年の瀬につくづくと思われる栄三郎であった。

「あれは……、こんにゃく三兄弟ではありませんかな……」

又平とお染の喧嘩の原因が自分にあることなど知る由もない次兵衛は、通りの向こうからこちらへ歩いてくる三人組を目敏《めざと》く見付けた。

「ほんにそのようです。どれへ行くのか知りませんが、一緒に〝そめじ〟へ誘ってやりますか」

宗右衛門は立ち止まって向こうを見た。

その姿はこんにゃく三兄弟からも認められた。

こちらからはいつもの能天気で、どこか間の抜けた三兄弟に思われたが、この時本人達は至って神妙で、一様にその表情を強張《こわば》らせていた。

「兄貴、あすこに栄三先生がいなさるぜ……。うむ？　その横にいるのは、旦那に……。何だ、大番頭さんに、若旦那……、あれは清吉つぁんだ……」

兄弟の中で一番目が好い乙次が状況を見てとった。

「何だと？　こいつは大変な顔ぶれだな」

「兄貴、今日のところは出直すか……」

目を丸くする勘太に、千三が言った。

「う〜む……」

勘太は唸《うな》った。

こんにゃく三兄弟は拾った百両を持ち続けていることに耐えかねて、ここはやはり秋月栄三郎に相談しようということに意見がまとまり、これから手習い道場に向かうところであったのだ。

栄三郎ならば、使ってしまった三両のことも何とか辻褄を合わせてくれるだろうし、この金をどうすればよいか、得心がいくようにしてくれるであろう。

そう思うといてもたってもいられずに、朝早く家を出たのだが、京橋の袂を遠目に見るに、そこには栄三郎の他に田辺屋の錚々《そうそう》たる顔ぶれが居並んでいる。

今や田辺屋で下働きなどしながら暮らしている三兄弟には、拾った百両を横領していることを知られたくない相手ばかりである。

「やっぱり出直した方がよくねえか？」

乙次は千三の意見に賛同した。

「いや、よく考えてみれば、あすこにいる人は皆、今度のことを話さなきゃあならねえ人ばかりだ。それがあれだけ集まっていなさるんだ、一気に片《かた》がついておあつらえ向きってもんじゃあねえか。おれ達三兄弟の心の内を見てもらおうじゃねえか」

「そうだな……。勘太兄貴の言う通りだ。これも天の思《おぼ》し召しだ。三両使っちまったが、まさか番屋につき出されることもあるめえ」

「乙次兄貴の言う通りだ。でもよう、えれえものを拾っちまったな……」

「千三、お前が酒に弱《よえ》えからこうなったんだよう」

「拾ったのは乙次兄貴じゃねえか」

「勘太兄貴が無理に飲ますからだろ……」

涙声で兄弟喧嘩を始めた三人は、それでも紫の袱紗に包まれた九十七両を持って、栄三郎達がいる橋の袂へと歩き出した。

これから落とし主に巡り合う奇蹟《きせき》と、剣の師・秋月栄三郎と田辺屋主従に、その男気を賛《たた》えられる栄光を知る由もなく……。

「又公、来年こそは利口になりな」

「お前こそ、来年こそは女らしくしくしろい」

　居酒屋〝そめじ〟の方からは、相変わらず上と下とで続く、又平とお染の口喧嘩が聞こえてくる。

「おお、やはりこんにゃく三兄弟だ。何かまた揉《も》めているようですよ。まったく仲が好いのか悪いのか……。だが田辺屋殿、馬鹿は馬鹿なりに、今日は奴ら、何やら好い顔をしていますねえ……」

　年の瀬の町を忙《せわ》しなく行き交《か》う人々をやり過ごして、栄三郎は宗右衛門達と共に、勘太、乙次、千三が来るのを待ち構えた。

本書は二〇一二年六月、小社より文庫判で刊行されたものの新装版です。

一〇〇字書評

切・り・取・り・線

購買動機（新聞、雑誌名を記入するか、あるいは○をつけてください）	
□（　　　　　　　　　　　）の広告を見て	
□（　　　　　　　　　　　）の書評を見て	
□ 知人のすすめで	□ タイトルに惹かれて
□ カバーが良かったから	□ 内容が面白そうだから
□ 好きな作家だから	□ 好きな分野の本だから

・最近、最も感銘を受けた作品名をお書き下さい

・あなたのお好きな作家名をお書き下さい

・その他、ご要望がありましたらお書き下さい

住所	〒				
氏名		職業		年齢	
Eメール	※携帯には配信できません	新刊情報等のメール配信を 希望する・しない			

この本の感想を、編集部までお寄せいただけたらありがたく存じます。今後の企画の参考にさせていただきます。Eメールでも結構です。

いただいた「一〇〇字書評」は、新聞・雑誌等に紹介させていただくことがあります。その場合はお礼として特製図書カードを差し上げます。

前ページの原稿用紙に書評をお書きの上、切り取り、左記までお送り下さい。宛先の住所は不要です。

なお、ご記入いただいたお名前、ご住所等は、書評紹介の事前了解、謝礼のお届けのためだけに利用し、そのほかの目的のために利用することはありません。

〒一〇一 - 八七〇一
祥伝社文庫編集長 清水寿明
電話 〇三（三二六五）二〇八〇

祥伝社ホームページの「ブックレビュー」からも、書き込めます。
www.shodensha.co.jp/bookreview

祥伝社文庫

妻恋日記《つまこいにっき》　取次屋栄三《とりつぎやえいざ》〈新装版〉

令和 6 年 7 月 20 日　初版第 1 刷発行

著　者　岡本《おかもと》さとる

発行者　辻　浩明

発行所　祥伝社《しょうでんしゃ》

東京都千代田区神田神保町 3-3

〒101-8701

電話　03（3265）2081（販売部）

電話　03（3265）2080（編集部）

電話　03（3265）3622（業務部）

www.shodensha.co.jp

印刷所　錦明印刷

製本所　ナショナル製本

カバーフォーマットデザイン　中原達治

ISBN978-4-396-35063-5 C0193

祥伝社文庫の好評既刊